Fragmente
-
eine Befreiung

Eric Pade

Cover erstellt von Philip Jürgensen. Nach einer Vorlage von ilco, der hierzu großzügig die Rechte an seinem Werk eingeräumt hat. Vielen Dank hierfür!

Mein besonderer Dank gilt Matthias Wühle und Jochen Krautwald, deren kritische Begleitung mir oft weitergeholfen hat.

Ein großes Danke geht auch an Philip Jürgensen, der das wunderbare Cover gestaltet hat.

Danken möchte ich auch insbesondere Heino Bosselmann und Anne Retter, deren Korrekturen viele wertvolle Anstöße geliefert haben.

Ein großes Dankeschön geht auch an all die anderen Helfer, die im Entstehungsprozess eine wichtige Rolle gespielt haben, hierbei insbesondere an Oliver Prochaska, Scarlett Fink und Matthias Dübner.

Ihr wart alle ganz großartig. Ohne Euch wäre das Buch heute nicht das, was es ist.

Alle dargestellten Figuren sind Phantasiefiguren. Übereinstimmungen mit realen Personen, ob lebend oder tot, sind zufällig und nicht beabsichtigt.

Dasselbe gilt für die geschilderten Ereignisse. Obwohl sie so oder so ähnlich an einem mir unbekannten Ort sicherlich stattgefunden haben könnten.

Man fällt nicht über seine Fehler. Man fällt immer über seine Feinde, die diese Fehler ausnutzen.

Kurt Tucholsky

Inhaltsverzeichnis

Tag 1 8
Tag 2 25
Tag 3 27
Tag 4 30
Tag 5 32
Tag 6 39
Tag 7 43
Tag 8 52
Tag 9 58
Tag 10 66
Tag 11 69
Tag 12 77
Tag 13 83
Tag 14 88
Tag 15 93
Tag 16 98
Tag 17 104
Tag 18 192
Tag 19 198
Tag 20 211
Tag 21 226
Tag 22 230
Tag 23 255
Tag 24 259

Herstellung und Verlag:
BoD-Books on Demand, Norderstedt
ISBN:978-3-7386-0886-1

Lieber Leser,

ich halte es für nötig, ein paar Vorbemerkungen zu machen, damit Sie sich an diesen Aufzeichnungen nicht verbrennen werden. Es sind die Aufzeichnungen eines Irren, nichts Geringeres. Also rate ich zur Vorsicht bei der Lektüre.

Es sind die Aufzeichnungen eines jungen Mannes, der sich nichts Bescheideneres vorgenommen hatte, als seinem eigenem Stern zu folgen. Eine gefährliche Unternehmung, wenn man mehr verlangt als es gut für einen ist! Wenn man sich nicht damit abfinden kann, wenn einem die eigenen Ziele gestohlen werden und das zum vermeintlich eigenem Besten wäre. Wie ungeheuerlich und schmerzhaft mir dieser Kampf doch erschien, werden diese Notizen Ihnen nun zeigen. Mit rascher Hand habe ich sie angefertigt, damit derjenige, der sich auf diesen Weg verleiten lässt, sich der Gefährlichkeit dieses Unterfangens bewusst wird. Nicht, damit er davon Abstand nehme! Sondern damit er es besser vorbereitet antreten kann, als ich es konnte.

Es ist dies auch die Geschichte einer Verwandlung, die unter einem großen, geradezu unerträglichen Leidensdruck zustande kam, zustande kommen musste. Denn es muss Ihnen klar sein, dass keiner aus solchen Verstrickungen als derjenige hinausgehen wird, als der er hineinging. Sie wachsen einem nicht nur zu, sondern in einen hinein.

Begeben wir uns also in das Dickicht, das eine Existenz zu verschlingen droht: Noch denkt der naive Junge, dass sich kraft der Vernunft etwas erreichen lässt. Also wendet er seine Kräfte auf, um den Dingen die günstige Wendung zu geben. So rennt er gegen seinen Käfig an und verzweifelt an diesem, anstatt sich umzudrehen und zu gehen, wie es notwendig gewesen wäre.

Nun versucht er beharrlich, ein Licht in der Dunkelheit anzuzünden, während sich der Schatten über ihn ausbreitet. Man möchte ihm zurufen: Du kannst die anderen nicht erreichen! Sie haben die Macht und dein Schicksal längst beschlossen! Flieh!

Aber der Sturkopf ist noch nicht bereit, sich damit abzufinden. Er wird das nicht hören oder nicht hinnehmen. Also muss er nun selbst aus diesem Labyrinth herausfinden oder sich darin verlieren und untergehen!
Von diesem Prozess handeln diese Aufzeichnungen.

Der Verfasser

Tag 1

Von allen Verhältnissen, in denen ein Mensch stehen kann, ist das sexuelle das herausragende. Selbst der gewöhnliche Pöbel weiß um die Wahrheit dieses Satzes. Sogar unsere Religion in ihrer Doppelmoral weiß davon. Umso irritierender erscheint das Keuschheitsgebot des Priesters, geradezu widersinnig. Gleichzeitig, was zu seiner eigenen Lebensweise im Widerspruch zu stehen scheint, wird allgemein von Trägern dieses Amtes die Ehe zwischen Mann und Frau mitsamt ihrer Kinder als Fundament unserer Gesellschaft weitestgehend nicht nur akzeptiert, sondern darüber hinaus propagiert. Dazu passt nun eine bemerkenswerte Gesellschaft, welcher als Grundstruktur eine Einheit zu Grunde liegt, deren verbindendes Element konstitutiv in der Befriedigung der sog. „niederen" Bedürfnisse besteht. Es findet sich in dieser Unstimmigkeit bereits der Riss, der durch die gesamte Kultur geht, vorgezeichnet.
Einerseits kreiert das Bedürfnis des Mannes, mit einer Frau zu verkehren, ebenso die Gesellschaft wie das

Bedürfnis der Frau nach sexueller Entfaltung. Also logischerweise nur aufgrund der Befriedigung dieser Bedürfnisse zu dem Zweck, Kinder zu zeugen, gibt es überhaupt eine Gesellschaft. Andererseits wiederum scheint gesellschaftlich wenig so distanzierungswürdig und ungeheuerlich zu sein wie gerade diese Art der Beziehung. So spürt ein und derselbe Mensch einerseits das leibliche Verlangen, andererseits eine kulturelle Projektion der gesellschaftlichen Muster und Verurteilungen - vor allem jedoch die Verurteilungen, da es in unserer Gesellschaft absolut üblich ist, deren Grundlage als durch und durch niedrig und verheimlichungswürdig zu charakterisieren.

Der oder die einzelne weiß im Zustand der sexuellen Erregtheit auch immer zugleich, dass dieser quasi der antibürgerliche Zustand schlechthin ist. Ein Zustand, in dem man besser keine Verträge abschließt und in dem man nicht Herr seiner Selbst ist. Also gerade der Zustand, in dem ein Impuls in uns unser rationales Kalkül verdrängt und uns angreifbar und verwundbar werden lässt.

Dadurch ergibt sich nun die Möglichkeit zur Degradierung. Diese setzt natürlich eine Graduierung der Gesellschaft voraus, welche auf der Verfügbarkeit von Geld beruht. So erscheint es nur logisch, dass da, wo eine solche Herabsetzung möglich wird, eine Norm gebildet werden kann, sich sexuell nur innerhalb des Standes zu betätigen, welchem man selbst angehört. So blickt man bei der Selbsterniedrigung vom reinen Geist zum reinen Tier wenigstens ein Tier seines Standes an, so dass keinem der Beteiligten von außen eine Herabsetzung zugefügt werden kann.
Denn wo eine solche möglich wird, wird sich stets einer einfinden, welcher sich dieser Möglichkeit bedient, um daraus Kapital zu schlagen. Man stelle sich vor, dass sich eine junge, attraktive Karrierefrau aus gutem Hause in ihrer Freizeit von einem alten, fetten und durch und durch versoffenen Trucker besteigen ließe, dabei hin und wieder mit dessen Arbeitskollegen fremdgehend, oder beides zugleich. Dieses Bild erscheint uns unmittelbar grotesk und unglaubwürdig. Das ist es auch. Es ist, was wichtiger ist, dabei kaum denkbar, dass das Bekanntwerden

dieses Verhältnisses für die junge Dame keine Probleme auf der Arbeit nach sich ziehen würde.
Es würde also, wie gesagt, grotesk erscheinen, wenn dieses Verhältnis bestünde. Es würde auf die allerheftigste Ablehnung stoßen. Es würde einen Skandal ersten Ranges erzeugen mit dem Ziel, dieses widernatürliche Verhältnis durch gesellschaftlichen Druck zu beenden. Ein sogenannter gesellschaftlicher Skandal wäre das, dass die natürliche Ordnung, die ja in Wirklichkeit eine ganz und gar künstliche ist, auf eine so infame Weise verletzt wird. Da darüber hinaus in dieser unserer tatsächlich künstlichen Ordnung das Verhältnis zu dem eigentlich Natürlichen ganz und gar verloren gegangen ist, so haben wir folgerichtig zugleich ein ganz und gar krankes Verhältnis zu dem eigentlichen Natürlichen.
Alle menschlichen Verhältnisse sind ja längst nur noch die künstlichen, die gefälschten. Unser Selbstverhältnis ist ein zerstörtes, da es sich nur noch am Konsum irgendwelcher Waren entfaltet. Wir sind erst bei uns, wenn wir uns irgendetwas in den Mund stopfen. Auf diese unaufhörliche Stopferei legen wir

unser ganzes Leben an und erklären diese zum ultimativen Zweck unseres Handelns.

Das eigentliche, echte Natürliche in uns können wir jedoch nur verstecken. Es hat an sich auch keinen Wert mehr, da es in der Regel ein verkrüppeltes ist, das nur noch die gesellschaftliche Standeswirklichkeit widerspiegelt. Wir halten uns selbst für natürlich, wo wir nur noch künstlich sind. Genauso halten wir die gesellschaftliche Wirklichkeit für die natürliche, wo sie doch die künstliche ist. So wie wir permanent in dem Irrtum leben, in einer durch und durch natürlichen Welt zu leben, wo doch schon so gut wie alles nur noch künstlich ist. Wir können uns zwar permanent einreden, der sein zu wollen, der wir sein müssen. Vielleicht gelingt es uns sogar, diesen Verlust unseres Selbst nicht mehr andauernd spüren zu müssen. Vielleicht wachen wir sogar eines glücklichen Tages auf und haben tatsächlich vergessen, wer wir eigentlich sind. Aber normalerweise drängt unser Inneres immerzu nach Außen, weil es sich dagegen wehrt, ein Leben lang in einer solchen Menschenmarionette eingesperrt zu sein.

Dann merken wir plötzlich, dass wir unser Leben ja gar nicht so führen wollen, wie wir es aber von außen her müssen, wie man es von uns erwartet. Dass wir keine von diesen lächerlichen, deutschen Aufziehpuppen sein wollen, die uns immerfort umgeben, und die ihr Leben genauso leben, wie man das eben so tut.

Unseren Töchtern bringen wir bei, ihre Sexualität als etwas anzusehen, mit dem der eigene gesellschaftliche Stand mindestens gehalten, bestenfalls aber erhöht werden soll, was ohne Weiteres als missbräuchlich zu bezeichnen ist. Unseren Söhnen prügeln wir ein, dass ihre Sexualität sich darin auszudrücken habe, jede Frau als potentielles Paarungsgerät zu verstehen, das man mithilfe der ein oder anderen Technik zum Geschlechtsverkehr zu überzeugen habe. Eben ungefähr so wie man einen Kaugummiautomaten bei Bedarf zum Herausgeben eines Kaugummis veranlasst. Aber nicht nur im Großen, auch im Kleinen haben sich feste Spielregeln etabliert, die unsere Gesellschaft in ein gruseliges Schauspiel verwandeln, in dem jeder seiner Rolle gemäß die ihm zugedachten Sätze spricht, Gedanken denkt und Handlungen ausführt.

Wir sind wie Roboter, unser Ideal die vollendete Funktionalität, aber wir merken das oft nicht einmal mehr, dass wir dadurch das Was, den speziell menschlichen Sinn der Handlung, ersetzen, letztlich ausrotten werden. Somit führen wir ein perverses Leben zum Tode, gefangen in Routinen. Wenn wir uns nicht an die Regeln halten, und das heißt: Wenn wir nicht genau die eine genormte Handlung vollführen, haben wir sogar berechtigte Angst, dafür verhaftet zu werden. Oder unseren Versicherungsschutz zu verlieren. So kommen wir auch auf keine dummen Ideen.

Unseren Söhnen bringen wir bei, dass sie ihr ganzes Leben darauf auszulegen haben, ein tüchtiger Familienvater, ein richtiger Deutscher zu werden, es als Ideal aufzufassen, vierzig Jahre lang arbeiten zu gehen, um sich seine Frau wie einen Papagei halten zu können. Unser Ideal das des hart arbeitenden, für die Gemeinschaft aufopferungsvoll tätigen „Individuums", das durch seine Kaufkraft in die Lage versetzt wird, für sich und andere zu sorgen. Also Dinge zu besorgen. Einkaufen gehen. Inbegriff des Lebens.

Die Verfügungsgewalt über Dinge als das alles Entscheidende, unser spirituelles Existenzziel. Besitz und Seligkeit als Einigkeit in Ewigkeit. Unser ganzes Menschenbild als ein dahingehend pervertiertes: Wer viel „leistet", also: wer viel Geld hat, der gilt bei uns insgesamt mehr. Ist schon rein rechtlich ein besserer Mensch. Moralisch sowieso. Die Gleichheit der Menschen als Lüge entlarvt. Unser ganzes Menschenideal ist ein entkerntes, leeres, dummes und am Ende morbides. Immerhin veranlasst es Tag ein, Tag aus Millionen von Menschen dazu, sich für ihr täglich Brot und die Profitgier einiger weniger wegzuwerfen.

Dieses Idealbild stellt einen Menschen vor, der sich vollständig in Aussehen, Konsum und Symbol verliert, der seine Existenz darin auflöst, der sein ganzes Dasein daraufhin auslegt, schöne Dinge zu kaufen und zu besitzen. Zwar hat ein solcher Mensch keine eigentliche Existenz mehr – schaut er in sich ist da nichts außer einer Langeweile, die nur durch eine neue „Errungenschaft" aufgefüllt werden kann - aber irgendetwas fühlt er noch. An diesem Brennen müssen wir ihn packen, auslutschen, kartonieren. In Dosen abfüllen für morgen und später. Danach wird er sich strecken und all die schönen Dinge produzieren, die uns unser ansonsten leeres Dasein verschönern.

Es gibt schon längst kein „Draußen" mehr. Wir sind alle darin gefangen, ob wir wollen oder nicht. Der „Ausbruch" als Floskel - ein echter Dialog ist gar nicht mehr denkbar. Die Tageszeitungen machen es uns vor, wie man leere Meinungen immer wieder gegeneinanderhaut, ohne je substantiell zu argumentieren. Die Ohnmacht der öffentlichen Meinung fängt mit ihrer Desubstanziierung an und endet in der Beliebigkeit, die jede Veränderung durch Belächelung und Herabwürdigung blockiert.

Wir schaffen den neuen Menschen, der nur noch eine konsumierende Schauspielermarionette ist, eine deprimierende Jammergestalt, die ihr Leben nach Stechuhr zu Ende stirbt und dabei ihresgleichen immerzu reproduziert, nichts weiter.

Unsere ganzen Verhältnisse sind ja bloß noch ekelerregende geworden. Schaut man sich unsere Produktivität an, stellt man leicht fest, dass die Leute

sogar selbst an diese ihnen vorgesetzten Ziele, kurz beschrieben: an das Immermehr als Ideal glauben. Was wiederum hieße: An die Demokratie glauben. Also daran, dass wir in einer leben, was ja ein Hohn ist und nichts weiter. Tatsächlich leben wir unter der gnadenlosen Herrschaft der Maschine, die alle Menschen in sich hereinzwängt, ihnen das Überlebensnotwendige zuteilt, ihre Freiheit nimmt und ihnen Rechte auf Papiere schreibt, die sie am Ende nicht durchsetzen können, und ihnen ansonsten hauptsächlich den Saft rauspresst. Ein Haufen Rechte, die man im Zweifel nicht durchsetzen kann, beruhigt unser Gewissen, solange wir nicht betroffen sind. Der Glaube an den deutschen Rechtsstaat ist der Irrglaube, nichts sonst.
Die Mehrheit, die das ja klar sehen kann und zum Schweigen verdammt ist, lehnt ja die Verhältnisse im Land ab und ersehnt sich Veränderungen, die sie nie erreichen wird. Jeder einzelne Bürger würde diese unsere ablehnen, wenn nicht bereits eine breite Masse zu jener Art von Mastmensch geworden wäre, die sie immer sein wollte. Dass die Leute ihren

Stopffetischismus inzwischen für das höchste Ziel ihrer perversen Existenzen halten, für dessen Befriedigung sie so ziemlich alles hinzunehmen bereit sind. Dass sie für diese permanente Steigerung ihrer Erregungszustände alles opfern und am Ende sogar glauben: Mein persönliches Glück, am Ende des Regenbogens, ist ein Porsche. Jawohl, ein Porsche. Inbegriff des Glücks. Die goldenen Tore zur permanenten Verfügbarkeit von allem, zum ewigen Verbrauch, weit aufstoßen können …
Der andere Mensch, insbesondere der Sexualpartner, wurde ebenfalls Verbrauchsgut. Ein käufliches Ding mit zwei Beinen, manchmal auch einem oder keinem oder dreien. Je nach Geschmack, die Fleischbeschauung findet regelmäßig statt. Willkommen im Schlaraffenland. Der Geist von Angebot und Nachfrage schwebt über unserem Wasser. Bald auch wörtlich. Leistung, Gegenleistung, Konsumption, Preis, generelles Misstrauen.
Also auch überhaupt kein Wunder, dass sich zur Beschreibung unserer Beziehungen technische Ausdrücke eingebürgert haben. Wir haben auch nur

noch solche Beziehungen. Nicht einmal mehr heimlich nur noch zu dem Zweck, irgendeinen Vorteil zu erringen. Auch Reproduktion ist nur noch ein technischer Vorgang, um sich seines Standes zu vergewissern, diesen zu erhalten, nichts weiter. Es geht auch hier nur ums Haben und Benutzen. Dann stellt auch Liebe nichts weiter vor als ein Verhältnis, für das man einiges in Kauf nimmt, um seine sexuelle Befriedigung zu erhalten. Links die Waage neigt sich schon, wird der Abend sich rechnen?
Der verbreitete Liebesbegriff nicht nur pathetisch, sondern auch widerwärtig. Samt seiner ganzen *Aufopferungsmoral* und der stumpfsinnigen Idealisierung *hoher Gefühle*. Eine Chiffre für die Art von Gefühl, die von Zeit zu Zeit irgendwo unter dem Bauchnabel entbrennt. Das ist die ganze bürgerliche Theorie der Liebe: Eine juckende Vagina oder ein stehender Penis, der aufs Gehirn drückt. Dabei aus Versehen hohe Gefühle induziert.
Diese ganze widerliche Idee ist von der Idealisierung des Brunftverhaltens wilder Elche nur dadurch zu unterscheiden, dass sie sich eine deutsche Form gibt.

Daher wird der Begriff der Liebe ja auch schon immer so verstanden, dass ein sexueller Drang sich aufmacht, sich auf einem Markt feilzubieten.

Da unsere ganzen menschlichen Beziehungen nunmehr noch perverse und groteske sind, ist es auch nicht weiter verwunderlich, dass insbesondere die herausragenden Beziehungen nur noch perverse und groteske sind. In einer herausragenden Weise ekelhaft sozusagen. Technische Vorgänge, die es zu beherrschen gilt. So wie man einkaufen geht, so erwirbt man gleichfalls Vaginaltrakt und Gebärmutter einer schönen Tochter. So wie man frisst, fickt man auch. Alles dasselbe. An dieser Einsicht führt ja kein Weg vorbei. Das ist sozusagen das „Normale", alles andere das „Abnormale". Denken wir, weil wir das „Abnormale" von vornherein abqualifizieren. Immer. Irgendetwas daran muss falsch sein.

Zur Erhaltung unserer perversen Reproduktionsmaschinerie muss sichergestellt werden, dass alle dabei mitspielen. Ganz früh schon müssen wir unseren Kindern beibringen, „was sich gehört" und was nicht. Wie man sich aufzuführen hat, wenn die

hohen Gefühle kommen. Ja, damals hatte ich sie auch, die Schmetterlinge im Bauch, seufzt der Großvater. Ein Rad das sich dreht, eine Generation wird durch den Ofen gejagt.
Dabei ist das, was sich gehört, also das Gewöhnliche, ja das Schreckliche. Das Widerwärtige. Aber es funktioniert. Damit muss es auch gut sein.
Grässlich, wie wir unsere Töchter verheizen. Ihnen beibringen, sich auf diesen ekelerregenden Kuhhandel einzulassen. Der Vorteil ist bei uns, uns soll es Recht sein. Wir verkaufen ihre Reproduktions- fähigkeit auf eine ganz billige und infame Weise. Aber auch unsere Söhne bringen wir ja um. Indem wir sie in die Maschine einspannen. Weil sie ansonsten eben keinen solchen Handel betreiben können. Die Maschine läuft und läuft. Menschenblut schmiert sie. Wozu sie denn läuft, weiß am Ende keiner mehr. Um zu laufen wird die Antwort sein.
Für alles andere gibt es Affären. Der Motor muss geschmiert werden, also leisten wir uns eine Affäre. Wir schrecken nicht davor zurück, uns selbst derartig zu verdinglichen. Ganz frech stellen wir uns zwischen

eine Kiste Nägel und eine Palette Eier, um eine im Grunde ganz und gar von Standesdenken besetzte Ehe oder Beziehung oder Affäre zu führen. Affäre fünf neunundneunzig!

Einmal müssen wir uns reproduzieren. Das ist ein technische Vorgang. Ein andermal von unserer Niedrigkeit heilen – technischer Vorgang. Außereheliches Verhältnis haben oder ins Bordell gehen. Beides ist möglich. Solange man eine Kreditkarte hat. Ansonsten ist man eben Dreck, ein Verlierer.

Unser Verhältnis zu den anderen ist also kein rationales, wie wir immer glauben. Sondern ein schwer gestörtes. Nicht das gesunde. Sondern das kranke. Nicht das natürliche. Sondern das künstliche. Wir lieben ökonomisch. Wir lieben sexuell. Aber wir lieben nicht persönlich. Was umsonst ist, ist von Anfang an wertlos. Dumm, wer anderes denkt. Die andere Person ist entweder die standesgemäße oder die attraktive. Jedoch nicht die liebenswürdige oder uns nahestehende. Im Zweifel immerhin die preiswerte oder dienstbare.

Unser Technisierungswahn ist ein grenzenloser. Wir sehen die Welt, aber wir sehen sie nicht. Stattdessen überall Technik. Überall Objekte, die es zu beherrschen gilt. Wir lieben nicht das andere Wesen, sondern seine Funktion. Also was es für uns leisten kann und wie viel wir dafür bieten müssen. Damit jedoch lieben wir nur uns selbst. Die wenigsten Beziehungen sind die natürlichen, aber die allermeisten die nur noch künstlichen, in die die Menschen sich wechselseitig einsperren. Wir leben in einer Welt voller depressiver und hässlicher Gesichter.

Wir sind von lauter Leuten mit falschen und damit auch hässlichen Gesichtern umgeben. Von Schauspielern ihres ganzen Lebens. Es ist ja auch alles falsch an ihnen. Ihre Lebensweise ist eine falsche und verlogene. Ihre Beziehungen sind die künstlichen, also ebenfalls falsch und verlogen. Ihr Leben ein technischer Vorgang. Bis zum Ermüdungsbruch. Sie haben sich irgendwann entschlossen, „erwachsen" zu werden. Was in diesem Fall heißt: Sich dem Druck von Außen zu beugen und eine standesgemäße Beziehung einzugehen. Um sich finanziell abzusichern, um sozusagen eine solides Existenz zu begründen, haben sie sich geopfert, selbst umgebracht. In Sicherheit gebracht.

Aus *Angst*. Aus keinem anderen Grund. Bricht hin und wieder sozusagen die Krankheit aus, dann versteht man schon, sich abzuhelfen. Wir kennen auch dafür die Techniken. Das Leben in ständiger Furcht davor, aus der Rolle zu stürzen. Bodenlos. Vor der Entfaltung der Persönlichkeit so viel Angst, dass diese Persönlichkeit nur als das Böse an sich in Frage kommt. Wir gegen uns: Der deutsche Heroismus. Schließlich glauben wir wirklich, dass wir zutiefst böse sind. Rechtfertigen unsere Selbstauslöschung damit. Dieser kranke Zustand der Selbstdemütigung wird als der gesunde angesehen. Naturgemäß damit der gesunde als der kranke. Schließlich sogar als der böse. Der gesunde Zustand ist darüber vollkommen vor die Hunde gegangen.

Man kann so einem Menschen das vermutlich nicht einmal richtig erklären. So stumpfsinnig sind die allermeisten mittlerweile. Immer nur mit dem Hammer an den Kopf schlagen. Vielleicht hilft ja das.

Tag 2

Es war ein sonniger Spätsommertag. Ich ging die zentral gelegene Ladengalerie hinab und erfreute mich meines tragbaren CD-Players. Diesen hatte ich mir gekauft, von Geld, welches ich mir selbst verdient hatte. Ich hatte noch nie Geld verdient, umso kribbelnder das Gefühl, das Teil nun zu besitzen. Es war etwas Besonderes. Wie ich so die Gasse entlangschlenderte dachte ich nach und kam zu dem Schluss, dass alles in bester Ordnung war. Eine – zugegebenermaßen kleine – Wohnung, unter deren Tür der Wind durchpfiff, aber hey, es war meine erste eigene Wohnung. Studium und Arbeit waren vorhanden. Ein Stipendium ebenfalls. Finanziell sah es gut aus. Perspektive? Na klar, Studieren würde sicherlich mehr Spaß machen als die Schule abzusitzen.
So war ich also frohen Mutes und fragte mich, was mir eigentlich fehlte. Ich dachte: Mensch, mal mit einem Mädel ausgehen, das wäre sicherlich nicht verkehrt. Ich zog mein Handy und fragte mich, mit wem ich

mich denn gerne einmal verabreden würde. Ich wählte erfolglos ein, zwei Nummern. Dann blieb ich bei ihrem Namen hängen. Ich erinnerte mich, dass ich in dieses eine Mädchen auf eine unerklärliche Weise einmal verschossen gewesen war. Wieso hatte ich nicht gleich daran gedacht, sie anzurufen?

Natürlich. Vor einem halben Jahr hatten wir uns zuletzt gesehen. Damals waren wir, soweit die Umstände es erlaubt hatten, gute Freunde gewesen. Verliebtheit freilich war immer irgendwie da. Die anderen wussten es, dachte ich. Aber sie waren demgegenüber eigentlich nicht grundsätzlich negativ eingestellt. Ganz im Gegenteil. So war gerade die Alte stetig damit beschäftigt, uns bei allen möglichen Gelegenheiten zusammenzubringen. Regelmäßig, wenn es bei ihr etwas gab, wurde gerade ich dorthin beordert. Also andauernd.

Ich dachte nach. Sollte ich oder sollte ich nicht? Wie es meine Art war, sagte ich zu mir, dass ein einfacher Anruf nun wirklich nichts bedeute und wählte durch. Das Gespräch verlief sehr erfreulich. Wir hatten uns kurzfristig verabredet.

Tag 3

Wir sind in der Wohnung ihrer Mutter. Ich sitze im Wohnzimmer. Vor mir liegt ein Zeichenblock. Eigentlich zeichne ich nicht, dieses Mal jedoch zeichne ich. Eigentlich kann ich auch nicht zeichnen, aber es beruhigt meine Nerven und das brauche ich gerade. Üblicherweise mache ich nur Skizzen, aber das würde unzureichend darstellen, worüber ich nachdenke. Eine einfache geometrische Struktur, weil es das einzige reale Objekt ist, das, wenn ich es zeichne, nicht sofort grässlich aussieht: ein Tisch. Auf Kinderblock mit Bleistift. Zuerst zeichne ich sanft die Konturen vor. Eigentlich würde das genügen. Dann fülle ich die Figur mit geschwungenen Bewegungen aus. Die Kanten lasse ich verwischen. Später füllen dünne Linien das Bild aus.
So wie mit diesem Bild, denke ich, dachte ich damals, dass es sich mit den Relationen in der Welt insgesamt verhält. Klar, ein Tisch ist ein Tisch ist ein Tisch. Was sonst? Aber was motiviert uns, diese ungeheure Komplexität und Einzigartigkeit eines Tisches auf den

Begriff „Tisch" zusammenzustauchen?

Die Welt besteht ja nun einmal aus Dingen. Bei genauerer Betrachtung ist die Hervorhebung des Sachcharakters eines Bildes, eines Ausschnittes der Welt, eine ziemlich willkürliche Angelegenheit. Was ich zeichnete, war ein Tisch. Für die anderen muss beides, die Tischskizze sowie das Zeichnen, absonderlich und schräg gewirkt haben. In diesem Moment war mir das aber nicht wichtig, es war nicht erheblich.

Unbelebte Dinge geben uns oft einen Wink, wenn wir die Dynamik lebendiger Dinge verstehen wollen.

Halten wir unsere Verstehensmuster eng, wenn wir den Raum des Möglichen, den Raum der Beziehungen, zu klein halten, so liegen wir möglicherweise richtig. Aber wir haben uns darüber nicht ausreichend versichert. Messen wir aber den Raum zu weit aus, so können wir uns darin verlieren und werden handlungsunfähig. Ich maß also diesen Raum aus, indem ich diesen Tisch zeichnete.

Indem ich ihn reduzierte auf einen leeren Raum, worin ein Tisch stand, den ich betrachtete. Dennoch erschien mir das, was ich sah, zu verwegen und unbegreiflich, als dass der Begriff des Tisches dem hätte gerecht werden können.

Tag 4

Als klar wurde, dass ich in meiner ursprünglichen Schule nicht mehr würde bleiben können, hat die Mutter meines besten Freundes ein Treffen mit der Alten veranlasst. So ging ich hinauf zu meiner Grundschule, um mich dort mit ihr zu treffen. In dieser gab es ein kleines Häuschen, in dem ich, abgesehen von einer Sportstunde, noch nie gewesen war. Wie sah es wohl darin aus? Was war das für ein Ort, den wir nie betreten haben? Ein Ort also, den der Nimbus des Besonderen umwehte.
Jahrelang war ich in ein Außenseiter. War ich anfangs noch genau wie in der Grundschule ein interessierter und guter Schüler gewesen, so ließ das recht schnell nach. Danach folgte eine Zeit, die durch Absitzen und Ausblenden bestimmt war, an die ich mich auch kaum noch erinnere. In der Klasse war ich nie sonderlich beliebt. Zugleich auch derjenige, der von den Lehrern genau ins Auge gefasst und dann auch ganz schnell als Gefährdung eingestuft und beseitigt wurde.

Im Anschluss, also als mir dann bewusst wurde, dass ich diesen Unsinn jahrelang ertragen hatte, dass ich mich zurückgezogen hatte, dass das am Ende nichts brachte, weil sie am Ende doch einen ganz billigen Grund gefunden hatten, um mich, den Unruheherd, auszuschalten, war ich beinahe wochenlang besinnungslos vor Wut. Da lernte ich sie kennen und sie entwickelte zusammen mit meinem Elternhaus und dem Jugendamt eine Perspektive, die auf der einfachen Tatsache aufbaute, dass meine alte Schule an mir gescheitert war, und nicht ich durch schuldhaftes Fehlgehen an dieser nicht länger zurecht kam.

Als ich die Alte also das erste Mal traf, war mir sofort klar, dass sie mein Ausweg sein würde, dass ich mich unbedingt an diese Frau halten musste, um mein Abitur zu erreichen, um endlich die Möglichkeit zu erhalten, eine Schullaufbahn einzuschlagen, die ich erfolgreich abschließen könnte.

Tag 5

Der Mensch wird Maschine. Ist es bereits weitestgehend geworden. Dieser Satz ist eigentlich so selbstverständlich, dass ihn belegen zu müssen unnötig erscheint. Vor allem in Bezug auf die Arbeit. Mathematisch interessierte Menschen wie ich haben irgendwann den Begriff der Optimierung etwas überstrapaziert. Sie hatten sich vorgenommen, die Befriedigung der menschlichen Bedürfnisse für alle zu gewährleisten. Sich deshalb die Frage gestellt, wie die Abläufe der Arbeit so gestaltet werden könnten, dass der Warenausstoß vergrößert wird. Zunächst ging es dabei nur um den Output und besondere Menschenfreunde sucht man in der Geschichte recht vergeblich, was das betrifft.
Drehen wir gedanklich die Uhr zurück in das Zeitalter der Industrialisierung. Optimal bedeutete damals, so viel aus einem Menschen herauszuholen, wie möglich war. Dabei ihm gleichzeitig so wenig zu geben wie nötig. Die effektive Versklavung weiter Teile der Bevölkerung damals war das Ergebnis der

sogenannten Aufklärung. Ihre geistigen Väter waren Industrielle, keine Philosophen. Man wäre nicht berechtigt, sich voller Stolz auf diese zu berufen, wenn man sich dabei über das von ihr in Gang gesetzte Menschheitsverbrechen täuschen würde.

Im Arbeitsleben hat die „Aufklärung" die allergrößte Wirkung entfaltet. Durch die „rationale" Betrachtung des Verhältnisses von Mensch zu Mensch und Mensch zu Ding trat klar zutage, dass der Mensch die Eigenschaften aller Dinge studieren müsse. Das Ziel dieser Bemühung war und ist bis heute die Bemächtigung. Nebenher geben wir uns der Illusion hin, wir hätten dabei die Herrschaft des Menschen über den Menschen rationalisiert. Unsere politische Organisation entspricht jedoch einfach nur der Logik der Produktion. Unser Menschenbild ist ein flaches, weil es auf Konsum und Status in der Wirtschaftsordnung reduziert ist. Wir halten den wirtschaftlichen Erfolg – ganz protestantisch – für ein Anzeichen göttlicher Auserwähltheit und natürlicher Überlegenheit.

Das schlägt sich auch in den Herrschaftsverhältnissen wider, die darwinistische sind. Wir leben ja immer noch in einem sozialdarwinistischen Land und in gar keinem demokratischen. In Wirklichkeit haben wir lediglich neue Mechanismen zur Rechtfertigung und Ausübung dieser Herrschaft implementiert. Nicht, wie uns eingetrichtert wurde, eine Herrschaft von abstrakten Prinzipien installiert. Es herrscht auch weiterhin der Mensch über den Menschen. Es herrscht auch weiterhin der Herr über den Knecht, keineswegs die leeren Worte von der Gleichheit und dem Rechtsstaat. Die Herrschaftsmechanismen haben sich natürlich verändert. Ihr Wandel entspricht dem der Macht. Sie spiegeln also den Übergang der Macht von der ehemals produktiven Klasse der Landbesitzer auf die produzierende, die bürgerliche Klasse, wider. Letztlich sind sie nicht an irgendwelche Prinzipien gebunden außer an das Recht des Stärkeren. Das können Millionen jeden Tag aufs Neue bezeugen.

Die „Aufklärung" ist lediglich die intellektuelle Beigabe zu diesem Prozess - ein Rechtfertigungsapparat, den wir unseren Kindern schamlos als den Höhepunkt der geistigen Entwicklung der gesamten Menschheit verkaufen. Der in Wirklichkeit ein Wurmfortsatz einer verlogenen Willkürherrschaft ist, die sich gerne hübsche Masken aufzieht und im Abstrakt-Fiktiven den Sieg der Menschenrechte und ihrer Prinzipien bejubelt, im Real-Konkreten jedoch all diese Prinzipien in einem fort mit Füßen tritt.

Im Zeitalter der Aufklärung wurde die Macht der einen Klasse nur durch die Macht einer anderen Klasse ersetzt. Die eine Klasse hatte die andere, ehemals vorherrschende Klasse aus ökonomischen Gründen verdrängt. Ihre eigene Herrschaft an deren Stelle gesetzt. Der Übergang in den Herrschaftsmechanismen war hierbei natürlich fließend. Nicht umsonst haben sich viele Rituale und Sitten von der einen Klasse auf die andere vererbt. Das können wir Tag für Tag beobachten. Dass das Mittelalter sich grundsätzlich und fundamental von der Neuzeit unterscheidet, ist nicht ein Irrtum, sondern eine Lüge. Der wesentliche Unterschied zwischen der Neuzeit und dem Mittelalter besteht darin, dass die Beschränkungen einer Klasse gelockert wurden, während die aller anderen zugenommen haben. Unser Begriff der Freiheit ist ein dahingehend gefälschter. Wir verwechseln die Freiheit insgesamt mit der Freiheit einer bestimmten Klasse, weil wir uns kein positives Bild von Freiheit mehr machen. Diese Freiheit, von der wir tagtäglich reden hören, ist die Freiheit der produzierenden Klasse. Die Freiheit des Kapitals. Nicht die der Menschen und keineswegs die der einfachen Leute.

Ihr Gegensatz ist nicht die Unfreiheit, sondern die Beschränkungen der produzierenden Klasse. Die Herrschaft der Produktion ist total im eigentlichen Sinne, sowohl materiell als auch geistig. Das Vernunftgespenst, diese große Rationalisierungsmissgeburt des Geistes, unser neuer Gott. Aus ihm leiten wir unsere Weltordnung ab, unsichtbar, unangreifbar, unkritisierbar, unhinterfragbar. Wir halten unsere Ordnung nicht nur für die natürliche, sondern auch für die vernünftige. In Wirklichkeit aber ist sie die ganz und gar künstliche und göttliche.

Der Bemächtigung über die Welt und den Menschen

entspricht also einerseits die Erzeugung von Waren. Andererseits besteht sie natürlich in der Verfügungsgewalt über Geld. Da viele Waren einem höheren Grad an Herrschaft und Bedürfnisbefriedigung entsprechen, so ist es gut, wenn die Produktivität gesteigert wird. Dies wird durch die Analyse der Prozesse geleistet, welche zur Warenerzeugung notwendig sind.

Das Prinzip, sich des anderen zu eigenen Zwecken zu bemächtigen, hat sich dabei schon lange über den ursprünglichen Zweck erhoben, menschliche Bedürfnisse zu befriedigen. So wurde der einzelne zu einer „1" in einer gesichtslosen Statistik und wer ausscherte zum Abschuss freigegeben. Einzelfälle können vor dem Hintergrund von Millionen nicht mehr berücksichtigt werden und so verlieren wir alle als einzelne, schwach, isoliert und hiflos, unsere Rechte und unsere Freiheit, was wir nicht merken und was uns nichts anzugehen scheint, solange es uns nicht betrifft. Wie viel Rechte wert sind und ob sie existieren und für wen, zeigt sich jedoch erst, wenn der einzelne versucht, sie für sich einzufordern.

Wer noch daran zweifelt, sollte einfach einmal nebeneinander halten, unter welchen Umständen Menschen heute arbeiten und wie viele Waren sinnlos produziert, da im Anschluss weggeworfen werden.
Oder wie viel politische Teilhabe es bedeutet, alle vier Jahre lang eine irrelevante Stimme für eine Partei abzugeben, die am Ende ohnehin nur an ein paar Verteilungsreglern spielen darf. Der ultimative Zweck unserer Gesellschaft ist Herrschaft!
Durch unsere Konstruktion von Sexualität wird auch diese zum Teil der Warenwelt. Ihr Zweck wird pervertiert.
Sie verkommt zum bloßen Begehren und Besitzen.

Tag 6

Nach drei Internaten und zweieinhalb Jahren stand mein Entschluss, nie wieder eine Schule von Innen sehen zu müssen, fest. Ich stapfte im dichten Schneetreiben vor Sonnenaufgang, bewaffnet mit einer halben Flasche Wodka, zum Schulbus, um meine Sachen für die Abfahrt zu richten. Kurz zuvor hatten mir meine Freunde, die ich über die Bekanntschaft zu einer externen Schülerin gewonnen hatte, noch einen wunderschönen achtzehnten Geburtstag bereitet. Nun würde ich meine Sachen packen und hatte keine genaue Idee, wohin es nun mit mir gehen würde und ob meine Finanzierung nicht einfach eingestellt werden würde.
Bis zu diesem Internat war die Alte eigentlich immer da gewesen. In stundenlangen Telefonaten hat sie mir dabei geholfen, meine unfassbare Wut über das Versagen meiner alten Schule zu überwinden und eine neue Perspektive zu entwickeln. Danach kam ich ins Internat und traf sie jede Woche. Nach und nach befreite ich mich von meiner Zurückgezogenheit und

konnte mir in dem Unterricht, der in kleinen Klassen stattfand, meine eigenen Gedanken entwickeln. Der Höhepunkt jeder Woche war für mich das Gespräch mit ihr, da ich neben der Schule quasi ununterbrochen gelesen habe und diese Gedanken dann mit ihr besprechen konnte. So ging unser Verhältnis schnell von einem therapeutischen zu einem freundschaftlichen, wenn nicht sogar mütterlichen, über.

Sie war vielleicht als Therapeutin oder ähnliches vorgesehen, in Wirklichkeit aber sprachen wir die ganze Zeit über all die für mich neuen Ideen, die mich ganz in ihren Bann gezogen hatten. Nebenbei gab sie mir nützliche Hinweise, wie ich dies und jenes würde besser regeln können. Das Ganze war bereits drei Jahre so verlaufen, als ich in das Partnerinternat wechseln sollte, um dort mein Abitur abzulegen. Ein Plan, der kurz nach meinem achtzehnten Geburtstag gescheitert war.

Ich war der Schule sozusagen entwachsen und brauchte nun eine andere Möglichkeit, um mein Abitur zu erreichen. Fürs erste war jedoch erstmal völlig unklar, ob ich, der ich mich von einer Mitschülerin am Wochenende zu abenteuerlichen Drogenausflügen hatte hinreißen lassen, eine solche Chance erhalten würde. Ich war mir sicher, dass die Alte eine Lösung finden würde, obwohl sie mir klarmachte, dass sie diese Eskapaden, die mich beinahe alles gekostet hatten, aufs Schärfste missbilligt hatte und mir das Versprechen abnahm, bis zum Abitur auf solche Dinge zu verzichten. Ein Versprechen, das zu geben mir keine Mühe bereitete.

So konnte sie vor dem Jugendamt durchsetzen, dass ich eine Wohnung beziehen und das externe Abitur ablegen würde. Formal würde ich einer kleinen, von ihr gegründeten und geleiteten Schule angehören, in der ich einen kleinen Raum für mich bezog, um mich mit den Fernschulmaterialien auf die Prüfungen vorzubereiten.

Dort lernte ich dann auch meine Freundin kennen und wir verbrachten viel Zeit miteinander, während die Alte und ich ganz normal miteinander umgingen. Die Zeit zum Abitur flog so dahin und ich schlug dann aus Langeweile vor, Kurse anzubieten und wurde nach meinem Abitur als studentische Hilfskraft übernommen.

Tag 7

Ich besuche den Wahnhaften in seiner Wohnung. Wir spielen Schach. Fast immer besiege ich ihn. Macht es überhaupt noch Freude? Er hat sich bei mir entschuldigt, weil er es mit ihr getrieben hatte. Diese Entschuldigung sowie die sie begleitende Gewissheit empfand ich sofort als unpassend. Also wies ich sie mit der Bemerkung zurück, dass dazu kein Anlass bestünde.
Zuletzt hatte ich sie in der psychiatrischen Abteilung der örtlichen Klinik getroffen. Es war ein merkwürdiger Tag. Alles fühlte sich deplatziert und verschoben an. Der Ort unwirklich, auf eine groteske Weise in seiner ganzen Absurdität völlig normal. Lange Korridore, nichtssagende Treppen, gelbes Licht verwandelt den braunen Laminatboden in ein schlammiges Flussbett.Ihr Zimmer das übliche Bild einer Zelle für psychiatrische Fälle. Zweckmäßig, sonst nichts.
Vor mir steht ein junges Mädchen. Sie ist sichtlich abgemagert. Kein Vergleich zu früher, denke ich. Daran muss ich in dem Moment zuerst denken. Sie

war auf eine sehr zynische Art intelligent, zugleich liebenswürdig, zu echter Bösartigkeit im Grunde unfähig. Diesen Eindruck kann ich nicht ganz abschütteln, als ich sie sehe. Ich will sie wahrscheinlich so nicht sehen, wie sie da steht. Ihren wahren Anblick, der mir vielleicht sogar meine Fragen beantworten könnte, kann ich mir auf diese Weise ersparen. Wir haben lange nicht gesprochen. Sie hatte bereits sehr lange überhaupt gar nichts mehr gesagt, weder zu mir, noch zu anderen, wie ich dachte, aber ja unmöglich wissen konnte.

Wir stehen im Innenhof herum. Er erinnert mich an einen Schulhof. Das Mobiliar besteht aus schwerem Holz und ist aktuell unbrauchbar, da es vor Kurzem geregnet hat. Außer uns ist auch niemand hier.

Sie bedeutet mir, dass ich bald gehen müsse, da ihr Vater sie besuchen werde. Mein Besuch war spontan, nachdem ich erfahren hatte, wo sie war. Ich wusste, es war ein Fehler. Aber ich musste ihn machen.

Vor mir noch Fassade, in Wirklichkeit zerstört, denke ich. Wodurch, frage ich mich. Der Putz bröckelt bereits merklich. Dieser Zerstörung kann ich mich nicht ohne

Weiteres aussetzen. Ich kann sie nicht akzeptieren.
Nie bin ich über dieses Ausmaß aufgeklärt worden.
Man hat mich einfach nie darüber informiert.
Verständlicherweise wurde ich nicht ins Bild gesetzt.
Vielleicht sogar vernünftigerweise hat man mit mir nur in Andeutungen gesprochen.
Es war mir völlig unmöglich gewesen, damit abzuschließen. Das brachte ich einfach nicht fertig. Nicht ohne die letzte abschließende Klarheit zu haben, es mit eigenen Augen gesehen zu haben. Da sehe ich sie und realisiere es doch nicht, kann mir das einfach nicht zumuten, sie so zu sehen, wie sie ist. Also stelle ich sie mir so vor, wie sie nicht ist, sondern wie sie war, und hoffe auf ihre baldige Genesung. Diese Hoffnung habe ich in sie hineingelegt.
Einerseits stand mir dieser Anblick zu, andererseits ging mich diese nicht das Geringste an. Ich konnte sie, der ich im Unklaren gelassen war, unmöglich im Stich lassen. Also gab ich auch jetzt den Gedanken nicht auf, dass sie zu neuen Kräften finden würde. Dass wir irgendwann dort weitermachen könnten, wo wir aufgehört hatten.

Über meinen Besuch freut sie sich anscheinend. Die vorangegangenen Monate waren lang gewesen. Wie viele waren es nun? Sehr früh hatten sich fast alle von mir abgewandt oder sich sogar gegen mich gestellt. Wegen ihr. Aber es war ja nicht so, dass das ihre Schuld gewesen wäre. Auch den anderen kann ich keine Schuld geben. Da sie nur urteilten, wie sie dachten, dass sie es mussten. So wie Leute nun einmal urteilen.

Die Grundparameter der Gleichung schienen auch einfach: Auf der einen Seite ein junger Angestellter. Auf der anderen Seite eine Schülerin. Auf der einen Seite der Student, der Schüler betreute und Vertretungsunterricht gab. Auf der anderen Seite die kranke Schülerin. Auf der einen Seite einer, der Geld verdient und eine Wohnung hat. Auf der anderen ein armes Ding mit einem Zimmer in der mütterlichen Wohnung und ohne eigenes Einkommen. Das Urteil stand und es war unverrückbar. Also gab ich mir auch keine Mühe, daran zu rütteln.

Ich redete mir ein, dass dahingehende Versuche meinerseits doch nur wie ein Geständnis wirken würden. Klar sehe ich die Szene vor mir, als ich dann tatsächlich das einzige Mal mit diesem Vorwurf konfrontiert bin.

Die Alte und ich fuhren von der Schule weg. Es herrschte eine finstere Stimmung. Da war das alles noch ganz frisch. Kurz bevor ich ausstieg, sagte sie das, was die meisten ohnehin dachten, wie ich dachte. Aber sie sagte es nicht direkt, sondern sie fragte indirekt: „Ich frage mich, warum es in solchen Dingen immer um Macht gehen muss.".

Da ist es nun, ausgesprochen. Mir steigt die Wut hoch, dass ich mich gerade noch so beherrschen kann. Ich möchte sie unmittelbar anschreien, aber ich gebe mir ein paar Sekunden, um mich zu beruhigen und darüber nachzudenken. Resignation lähmt mich. Wie kann sie nur so von mir denken?

Da bist du nun, du beschissener Vorwurf! Was soll ich sagen? Soll ich ihr sagen, dass es ein Unding ist, so darüber zu denken? Wo doch gerade sie sich immer darum bemüht hatte, meine Freundin und mich zu verkuppeln. Sie war diejenige gewesen, die das alles nicht nur möglich gemacht hatte. Sie hatte uns in

diese Situation am Ende sogar bewusst hinein manövriert. Nun das! Ich öffne die Tür. Bevor ich aussteige, sage ich nur: „Ich mich auch." und verlasse den Wagen.
Sie hat mich vermutlich nicht verstanden. War ich wirklich unschuldig? Sie versuchten, mich aufzumuntern. Beziehungen zerbrechen! Andere Mütter haben auch schöne Töchter. Sie versuchten, mich von ihr abzubringen. Aber ich konnte nicht. Vermutlich auch gerade wegen dieser Versuche. Ich konnte sie aber vor allem doch nicht einfach so hängen lassen und mich einfach verabschieden. War es wirklich das oder konnte ich mich nur nicht von den Erinnerungen an diese für mich naturgemäß herausragende Beziehung befreien, dachte ich. War es der Wunsch mit ihr, die sie völlig den Verstand verloren hatte, zu schlafen? Oder der Versuch, einen furchtbaren Fehler konsequent zu Ende zu fahren?
Nun präsentierte ich mich als fürsorglicher Partner, welcher ein Trauerspiel vortrug, dachte ich.
Ein erbärmlicher Schauspieler, sonst ja nichts, der sich diese Frage schamlos vorlegte, um sein Verhalten nach

einem solchen perversen Trauerkalkül durchzuplanen. Mir wurde dann auch mitgeteilt, dieses Schauspiel bleiben zu lassen, da es sich ja um nichts weiter als eine durch und durch gewöhnliche Affäre gehandelt habe, die jetzt sozusagen auf die natürliche Weise zu Ende gegangen sei.
Oder es wenigstens auf eine Weise darzustellen, die als die Übliche bezeichnet werden könnte. Es sei ja meinem Alter geschuldet. Man war mir gegenüber absolut verständnisvoll. Man äußerte echtes Bedauern darüber, dass meine Dirne mich verlassen hatte, was für mich natürlich ein unerträglicher Verlust war. So wie es eben für kleine Kinder absolut üblich ist, zu weinen, wenn ihnen ihr Schokoeis aus der Waffel plumpst. Natürlich würde ich nun unter diesem Verlust, dass mir sozusagen mein Schokoeis davongelaufen, mir meine Dirne aus der Waffel geplumpst war, leiden.
Das sei ja nur natürlich. Natürlich, aber eben durch und durch gewöhnlich, durch und durch genitalbedingt, denke ich. So sind sie mir dann auch ständig schamlos entgegengetreten.

So verlor ich nicht nur sie, sondern schamlos wurde ich meines Gesichtes beraubt. Als ein zwielichtiger Schauspieler hingestellt, der natürlich die eigentliche Quelle seines Leids nicht verstehen konnte. Daher war dieses Leiden ein geschauspielertes, ein billiges und ein liderliches obendrein. Ein rasch vorübergehendes und einfach heilbares ohnehin. Letztlich sogar noch ein schuldiges, damit widerliches.

In unserer Gesellschaft hält man ganz allgemein nicht viel von Gefühlen. Wenn auch zweifellos jedes kreative Denken - genau wie jede andere schöpferische Tätigkeit - untrennbar mit Emotionen verknüpft ist, so ist es doch zu einem Ideal geworden, emotionsfrei zu denken und zu leben. >> Emotional << sein ist gleichbedeutend geworden mit unausgeglichen oder gar geistesgestört. Wer diesen Maßstab akzeptiert, wird hierdurch stark geschwächt; sein Denken verarmt und verflacht. Da aber andererseits die Gefühle nicht ganz auszurotten sind, müssen sie völlig getrennt von der intellektuellen Seite der Persönlichkeit existieren. Das Resultat ist jene billige und unaufrichtige Sentimentalität, womit Filme und Schlager Millionen abspeisen, die nach Gefühlen hungern.

Erich Fromm

Tag 8

Es war wohl zu hochmütig, anzunehmen, dass ich mich nicht würde verteidigen müssen. Obwohl die Alte mir recht offen den Kampf angesagt hatte, habe ich stets die Anerkennung eingefordert, die ich mir nun erst verdienen sollte. Ich habe es dann konsequent abgelehnt, mich in diese Rolle schieben zu lassen. Ich habe es absolut zurückgewiesen, diesen Beweis ihr gegenüber anzutreten.

Ich habe es also auch einfach abgelehnt, in dieser Frage um meinen Ruf zu kämpfen. Sie wollte offenbar, dass ich mich nach meiner liderlichen Affäre wieder als akzeptables Mitglied der Gesellschaft beweise. Dazu sah ich nicht den geringsten Anlass. Dann wollte sie dieses Verhältnis aufklären. Schamlos hat sie ihre feiste Nase in meine dann zerstörte Beziehung gesteckt. Ich habe es zurückgewiesen, mich in dieser Sache auskundschaften zu lassen oder zu rechtfertigen. Das hat sie mir sehr verübelt, denke ich, ohne Weiteres daraus geschlossen, dass ich etwas

Schlimmes zu verbergen hätte.

Anstatt mich nicht mehr mit solchen Versuchen zu behelligen, verbuchte sie diese fortgesetzte Weigerung meinerseits, mich ihr gegenüber bewähren zu müssen, einfach als Niederlage. Um mich dazu zu zwingen, meine Beziehung vor ihr auszubreiten und Buße zu tun, verweigerte sie mir dann die menschliche Anerkennung durchweg.

Gleichzeitig sollte ich diesen plötzlichen und wie es schien vorläufigen Verlust irgendwie wegstecken und meiner Arbeit nachgehen.

Die Alte weigerte sich währenddessen schlicht, mit mir zu sprechen. Sie war für mich nicht mehr erreichbar, gar nicht mehr. Wir fuhren auch nicht mehr zusammen zur Schule hin oder von ihr weg, wie es bis dahin noch üblich war.

Vom Teilnehmer der Schulkonferenzen wurde ich zum Thema. Sie bestrafte mich schlicht und ergreifend durch völlige Ignoranz und Bagatellisierung. Sie kanzelte mich als Schwächling ab und als Kranken.

Weil ich über meinen Verlust nicht hinwegkam, war ich der Schwache, der Kranke, der aufgrund seiner Trauer nun allen hätte beweisen müssen, dass er damit ohne Weiteres fertig werden würde. So hatte ich eine groteske Reifeprüfung abzulegen, die ich zurückwies, weil ich diese Anforderung als zutiefst widerlich empfand. Ich mich an meiner natürlichen Trauerarbeit nicht hindern lassen, wurde in dieser völlig im Stich gelassen und bin dann letztlich auch daran gescheitert, wie ich sagen muss.

Später hat sie sich dann ein sadistisches Spiel daraus gemacht, mir mein Scheitern vor Augen zu führen und auf mich einzutreten, da ich ja der Naive war, der Dumme, der über diese banale Bettgeschichte nicht hinwegkam. Den man auch nie darüber aufklärte, was mit seiner Freundin nun geschehen war. Sie haben mich dann für meine in ihren Augen geschauspielerte Trauer dann auch nur noch verhöhnt, belächelt sowieso. Später nur noch hemmungslos bestraft.

Sie dachten natürlich, ich müsse ihre Auflagen erfüllen, um wieder ein vollwertiges Mitglied des Kollegiums werden zu können. Während ich nicht im Geringsten daran dachte, ihnen diesen Gefallen zu tun, gar keinen Bezug zu ihren dreisten Übergriffigkeiten

herstellte. Natürlich erfüllte ich ihre Bedingungen dann ganz unabsichtlich und im Vorbeigehen, aber das sollte tatsächlich gar nichts bewirken. Es ging offenbar gar nicht darum, ob ich mich ihren Wünschen entsprechend verhielt oder nicht. Das einzige, was sie wirklich interessierte, war, dass ich klarstellte, dass ich ihre Forderungen ihretwegen erfüllte, also um ihnen zu entsprechen, gefügig zu sein.
Natürlich kritisierte ich gegenüber der Alten vor allem die Niederträchtigkeit dieses gegen mich gerichteten Anspruchs. Schließlich hatte ich mir durchaus nichts anzukreiden. Ich hatte, wie man so sagt, eine blütenweiße Weste. Oder ist es eine Tatsache, dass ich mir durch die Beziehung zu ihr diesen Angriff sozusagen selbst zuzurechnen hätte? Mich folglich gegen denselben verteidigen müsste, dachte ich. Ob ich sozusagen für meine Schwäche hätte büßen und mich tatsächlich erst beweisen müssen, fragte ich mich. Zog ich dies in Betracht, wurde mir immer wieder klar, dass dieser Angriff nur einmal, auch noch quasi privat, vorgetragen worden war. Ansonsten nicht. Ich nahm also einfach an, dass die mich

umgebenden Leute die Sache auf diese Weise gesehen haben, weil sie sich mir gegenüber so verhielten.
Aber darüber hinaus war mir ja nichts geschehen.
Meine Arbeit hatte ich verloren, aber ich hatte ihrem Liebling die Schlüssel selbst in die Hand gedrückt. Er zog seine Hand weg. Ich ließ die Schlüssel auf den Boden fallen und ging.
Zu Hause angekommen stecke ich mir einen Joint an und begutachte meine Wohnung. Ich setze mich an den Laptop und denke nach. Wochen vergehen auf diese Weise. Gewöhnlich stehe ich so gegen 13 Uhr auf, aber da bin ich nicht das erste Mal wach. Üblicherweise wache ich gegen elf Uhr auf, aber ich rauche einen kleinen und schlafe weiter. Am Nachmittag gehe ich zum Supermarkt und hole mir, was ich zum Leben brauche. Ich trinke aus der Leitung, spiele viel Schach und habe öfter Besuch von Freunden. Noch häufiger fahre ich zum Dealer. Da ich kaum noch genug Geld zum Leben habe, ist alles knapp, sogar die Drogen.
In einer Nacht fällt mir das Telefon runter. Im Dunkeln setze ich anstelle des Akkus eine andere Batterie ein.

Am nächsten Tag ist es Schrott. Einen Ersatz kann ich mir nicht leisten. Die Tage fliegen an meinem Fenster vorbei. Erst nach Mitternacht fühle ich mich sicher. Das Zwitschern der Vögel am Morgen treibt mich ins Bett. Ein deprimierender Geistesdruck baut sich dann regelmäßig auf. Er erinnert mich an das Leben, welches ich verloren habe. An Pflichten, denen ich nicht nachkommen würde. An ihren Untergang und an meinen eigenen.
Ich wische sie fort, sanfter Schlummer umfängt mich. Selten träume ich etwas, die Träume sind mir ausgegangen.
Ein Freund verbringt viel Zeit bei mir. Wir verstehen uns gut. Ich gebe ihm die Zweitschlüssel für die Wohnung. Wir kiffen und reden, fahren zum Checker und verblöden die Zeit. So vergehen fünf Monate. Wir denken darüber nach, gemeinsam zu ticken, aber diese Pläne werden nie real.

Tag 9

Der Fürst ist ein cholerischer Mann. Er verfügt über beinahe keine Hemmschwelle. Dennoch regiert er uneingeschränkt in der Institution, der unsere Schule angehört. Er liebt die Intrige und ist ein Geizhals, weshalb er in seinen Personalentscheidungen nur allzuselten das Wohl der Institution ausreichend berücksichtigt. Die höchsten Posten vergibt er abwechselnd an fähige und unfähige Leute, bevorzugt letztere, und konstruiert sich überschneidende Kompetenzbereiche. Daher liegen die Leute oft im Streit.

Er selbst fungiert dann als Schiedsrichter, der öfter falsch liegt als richtig. Allerlei Angestellte, die unter sich widersprechenden Anweisungen zu leiden hatten, sind gekommen und wieder gegangen. Schließlich hatte er sowohl dem Leiter von A als auch dem Leiter von B mitgeteilt, dass Abteilung B von ihm oder ihr geleitet werde. Natürlich liegen auch die Alte als Leiterin von B und der Leiter von A in ständigem Streit.

Ich selbst falle aus der Reihe, da ich formal Schüler der Schule bin, jedoch keiner Klasse zugeteilt werde. In einem kleinen Raum bereite ich mich auf die externe Abiturprüfung des Landes vor, da die Schule selbst keine Berechtigung zur Durchführung hat. Zu diesem Zweck erhalte ich Fernschulmaterialien, deren geistiger Stumpfsinn dem Stumpfsinn in den Schulbüchern absolut entspricht.

Neben meinem gibt es einen vollständig schwarz gestrichenen, etwas größeren Raum. Seine Wände sind fein säuberlich mit roter Farbe an manchen Stellen beschriftet. Gruselige Hilfeschreie, sarkastische Missbrauchsbeschwörungen und Ausdrücke von deutlichem Widerwillen. Diese Sätze würden so manchem überempfindlichen Sonderpädagogen einen feinen Schreck einjagen. Das ganze Szenario Reminiszenzen an all jene Horrorfilme aufrufen, in denen langhaarige tote Mädchen aus der Unterwelt zurückkehren, um sich an allem und jedem für das zu rächen, was ihnen widerfahren ist. Dieses Motiv muss in Ländern wie unserem wirken. Unser inneres Auge schläft nicht: Es lässt sich nicht so leicht täuschen.

Kein Wunder, dass solche Sätze nicht jedem behagen. Mich hat dieser Raum nie abgeschreckt. Die Projektion dieses Gedankens an die Wände dieses Raumes hat mich vielmehr magisch angezogen. Ich wollte sie näher kennenlernen, weil sie diese Sätze geschrieben hatte. Wir sind die einzigen beiden mit solchen Räumen. Rechts meiner, unverändert, selten betreten, zweckmäßig. Links ihrer, ganz anders, sie ist häufig dort.

Hin und wieder sehe ich sie auf dem schmalen Gang, der alle Räume auf dem dunklen Korridor verbindet. Auch beim Frühstück sehen wir uns. So kreuzen sich unsere Linien. Gerade 18 ist sie elf Monate jünger als ich. Sie entspricht dem Format einer Horrorfilmfigur nicht sonderlich. Sie verfügt über einen gesunden Humor und ein ehrliches Gesicht, ist in allen Dingen die zuvorkommende, zurückhaltende. Ein verschmitztes Lächeln, aber eben alles auf eine ganz natürliche Art. Nicht diese verschlagene Art von Fratze, die den Hintergedanken jedes Lächelns und Lachens sofort offenlegt.

Die Leute lachen uns mit ihren Fratzen immerzu auf diese falsche Art an. Frech ins Gesicht, denke ich, lachen und lächeln sie dir, während sie in Wirklichkeit eine Grimasse machen, die den dahinterliegenden durch und durch falschen Menschen mit seinen niedrigen Gedanken immerzu entblößt. Sie aber ist ehrlich. Ihr Sarkasmus ist unausgebildet, dafür ist sie nicht bösartig genug, denke ich. Ihr fehlt sozusagen der Wille, einem anderen verbal das Herz herauszureißen und es zu zertreten.
Sie ist nicht gänzlich in sich zurückgezogen, aber die Bescheidene, die Zurückhaltende. Normal gebaut hat sie durch und durch natürliche sanfte Züge. Was ihr an Explosivität fehlt, kann ich mehr als ausgleichen. Ich bin der Explosive, der zerstörerische Mensch. Sie hat daran durchaus Gefallen. Sie ist die Implosive, der selbstzerstörerische Mensch. Wenn ich sauer bin, trete ich mit aller Wucht gegen den Zaun. Dazu ermuntere ich sie immer wieder, denke ich. Ihr gefällt meine offene Bösartigkeit, wenn mir etwas nicht in den Kram passt, mein bodenloser Zynismus. Mir macht es Freude, dass ihr das gefällt.

Bis zu einem gewissen Grad ist sie schlagfertig, aber es ist eine Schlagfertigkeit der gewöhnlichen Sorte. Wie sie viele Menschen zur Schau stellen. Für gewöhnlich sind aber gerade die, die für schlagfertig gehalten werden, überhaupt nicht schlagfertig im eigentlichen Sinne. Plumpes „Ja, aber", dann der persönliche Angriff auf den Sprecher oder eine ganz primitive Analogie. Symptome einer stumpfen Klinge. Sie ist eine Extremistin der Tat, ich ein Extremist der Worte. Während ich zur Erreichung meiner Ziele ins Gespräch gehe, womit sich übrigens auf die logisch-analytische Weise meistens kein Blumentopf gewinnen lässt, erzwingt sie Ergebnisse, indem sie Tatsachen schafft. Damit hat sie durchaus beachtlichen Erfolg. Ich finde das witzig und bis zu einem gewissen Grad auch beneidenswert. Solche Sachen - wenn sie sich zum Beispiel mit einem Messer selbst am Unterarm verletzte, freilich ohne sich dadurch ernstlich zu gefährden - bezeugen in ihrer Wirkung auf das Eingehendste, dass Brecht noch untertrieben hatte, als er sagte: „Zeige ihnen einen roten Kometenschweif, jage ihnen eine dumpfe Angst ein, und sie werden aus ihren Häusern laufen und sich die Beine brechen. Aber sage ihnen einen vernünftigen Satz und beweise ihn mit sieben Gründen, und sie werden dich einfach auslachen."

Wir kamen uns näher. Sie zog gelegentlich ihre Aktionen durch, während ich als Freund irgendwie involviert war. Es war aber mehr als das. Da ich einer der wenigen war, die sich von solchen Sachen nicht abschrecken ließen, geriet ich immer häufiger in die Lage, derjenige zu sein, der an die Front geschickt wurde.

So geriet ich auch in einige erotische Situationen, deren Spannung quasi greifbar war. Da lädt die Luft sich elektrisch auf. Unsere Sinne wollen sich fixieren, aber es geht nicht. Vor mir im Raum sitzt sie, manchmal liegt sie auf dem Boden, ein andermal hat sie ein Messer in der Hand, um sich selbst zu verletzen. Du weißt, dass all das nicht passieren wird, weil du sie kennst. Du spürst, dass sie solche wirren Dinge anstellt, um mit Dir allein zu sein. Du weißt, dass auch du mit ihr dort sein willst, in diesem diffusen Raum außerhalb der Norm. Die Luft ist schwer. Sie stellt diese Dinge an, um zu erreichen, dass du bei ihr bist. Dass du mit ihr redest, dich um sie kümmerst.

Warum hindert uns niemand? Warum lassen sie mich immer wieder in diese Situation? Wenn sie doch wissen, dass ich viel zu sorglos und neugierig bin - warum schicken sie dann ausgerechnet mich? Sind sie wirklich unfähig zu sehen, dass ich mich in sie zwangsläufig verlieben würde, in sie, die in mir die Hoffnung weckt, doch nicht allein zu sein, doch nicht der einzige hier zu sein, der verzweifelt jemanden sucht, der nicht eine armselige Kreatur ist, die ihr Selbst, Eigenes, Inneres immerzu den äußeren Zwängen einer Umwelt opfert, um eine maschinelle Existenz in engen und vorgeschriebenen Bahnen zu führen?

Hier schaut sie mich an, die andere.

Bei oberflächlicher Betrachtung mag man ihre Handlungen für schwach und negativ halten. Aber das stimmt nicht, ist geradezu absurd falsch. Das Schwache und Negative in der Erscheinung entbirgt in der Wirkung einen Willen, stark und positiv, die Leute zu zwingen, ihm zu genügen. Dieser Wille, der zur Erreichung seiner Zwecke sogar so weit geht, ein lächerliches Puppenspiel zu inszenieren, fasziniert mich. Auch ich scheine sie zu faszinieren, weil ich mich nicht abschrecken lasse, sie durchschaue, wie ich denke. Dass ich ihrem Willen nicht entspreche, weil sie es so will, sondern weil ich sie spannend finde. Weil ich mit ihm kommunizieren will.

Tag 10

Den Mann, den ich beinahe nur noch abfällig als Favoriten oder gar als Lover der Alten ansehe, lernte ich als Schüler kennen, und bevor die Sache mit meiner Freundin richtig anlief. Er und ich mochten uns gut leiden, trotz unserer völlig unterschiedlichen Lebenslagen. Dennoch waren wir in vielen Punkten einer Auffassung. Zumindest konnten wir uns ordentlich streiten. Das verbindet.
Er war elf Jahre älter als ich und studiert Philosophie. Effektiv war er Doktorand bei einer Berühmtheit. Irgendwann erzählt er mir, dass sein Stipendium auslaufen werde. Er folglich Arbeit bräuchte. Ich gebe ihm die Nummer der Alten. Ein paar Wochen später ist er mein Kollege.

Schon vorher einmal hatte die Alte einen Nachfolger in der Schulleitung berufen wollen. Dieser durch und durch mittelmäßige Mann hatte jedoch rechtzeitig die Flucht ergriffen. Ich hatte es versäumt, mir die Frage vorzulegen, wieso gerade dieser Typ ohne besondere

Qualitäten die Leitung der Schule hatte übernehmen sollen. Da die Auswahl sehr klein war und andere aufgrund von individuell verschiedenen Gründen nicht ernsthaft in Betracht kamen. Wie ich später einsehen sollte, lag dieser Entscheidung jedoch kein auch nur einigermaßen vernünftiger Vorgang zugrunde. Die Tatsache, dass hier durchaus andere Qualitäten gefragt waren als die, welche klassischerweise einen Schulleiter auszeichnen, wurde mir erst viel später schmerzlich bewusst. Auf die traurige Wahrheit sollte mich ausgerechnet der Fürst stoßen.

Nachdem der erste Schönling also die Flucht ergriffen hatte, lieferte ich den zweiten frei Haus. Als ich mit meiner Freundin, das war kurz nach meinem Abitur und vor Beginn meines Studiums, dann zusammenkam, war er bereits der uneingeschränkte Favorit der Alten. Mir hatte sie mitgeteilt, dass sie mit mir den Kontakt abbrechen müsste. Für ein ganzes Jahr. Die Wirklichkeit dazu sah freilich anders aus.

Als die Beziehung zu meiner Liebsten dann zerbrach, war er noch nicht Schulleiter. Ich weiß nicht mehr, ob seine künftige Frau bereits an der Schule war. Aber ich erinnere mich, dass ihre Ankunft in den Zeitraum zwischen meiner ersten Kündigung und meinen zweiten Anlauf fiel.

Tag 11

Die Situation ist ohnehin untragbar. Es ist meine dritte Rückkehr an die Schule. Diesmal ist sie auch dort. Beim zweiten Mal war nicht sie das Problem. Vielmehr hatten mir die Alte und ihre Gehilfen – ihr junger Favorit und wohlmöglich Lover sowie dessen Frau – das Leben derartig verleidet, dass ich mich gezwungen sah, zu kündigen. Nach wie vor redete sie nicht mit mir. Ebenso weigerte sich die Alte, mit mir ein Wort zu reden. Eine geradezu absurde Übereistimmung zweier kranker Gehirne und wer weiß, vielleicht nicht einmal aus verschiedenen Gründen. An den Konferenzen nahm ich von Anfang an nicht teil, dazu wurde ich auch nicht eingeladen. Es zeigte meine Stellung durchaus an.
Obwohl sie und ich mittlerweile etwas über 20 waren, trennte uns doch eine ganze Welt. Einerseits. Andererseits war ich von Anfang an diskreditiert. Für die Lehrer war ich bestenfalls ein störender Faktor, schlimmstenfalls ein Schüler. Das Schlimmste ist unter solchen Leuten, die so viel auf ihre Bildung geben,

meist eher die Regel. Besonders in solchen Angelegenheiten.

Grenzübertretungen sind verzeihlich. Einer kann dumm und faul sein, so ist es in Ordnung. Dumme und Faule gefährden nichts, sie stellen nichts in Frage. Sind sie nur fügsam, so wird der lokale Fürst schon seine Verwendung für sie haben. Für uns andere dagegen kann jede Grenzübertretung fatale Folgen haben. Die Simplen und Faulen werden sich ihre Mäuler zerreißen, die Alten und Vorgesetzten mit aller Macht zuschlagen, um einen zur Besinnung zu bringen, wie man so schön sagt.

In meiner Sache mit meiner Freundin musste die Außenwirkung, wie gesagt, die fatale sein. Es musste den Anschein haben, als hätte ich mich auf eine perverse und niedrige Weise meinem Opfer genähert, einzig zu dem Zweck, es sexuell auszubeuten. Dieser Verdacht ist nachvollziehbar. Ich kann mir durchaus die sich uns aufzwingenden Bilder erklären, wenn wir asymmetrisch Liebende betrachten, sozusagen Gesellschaftsverbrecher.

Er nähert sich ihr schon in niedriger Absicht. Kaum ist sie hilflos, unterwirft er sie, penetriert sie bis zur eigenen Befriedigung und geht dann von ihr ab. Jetzt besitzt er sie, nun ist sie sein Eigentum. Diese Schandtat kann keineswegs ungesühnt bleiben. Anders kann es ja nicht sein. Sie steht ihm nicht zu. Man zeigt sich also fürsorglich, besorgt - er muss weg! Das muss auseinander. Wenn er dann weg ist, kann ich sie mir erst aneignen, also muss er weg, der Verbrecher. Damit ich an seine Stelle treten kann. Ich, der Fürsorgliche. Sie hatte keine Wahl, sie war blind. Wäre sie es nicht, wäre sie zu mir gekommen, hätte sie mich in sich hineingelassen.
Das äußert sich! In der Regel durch Hass. Dieser Hass ist unausrottbar, dieser Fanatismus nun der verbreitete. Dieses ganze Bild hat nur den einen vernichtenden Zweck.
Ein schwarzer Gedanke. Dass Frauen ebenso zu den Dingen gehören, die zur eigenen Gefälligkeit vorhanden sind. So wie Rinder zum Gegessenwerden oder Betten zum Draufschlafen da sind. In seiner ganzen Entartung ein Grundelement unseres Denkens.

Da steht mein Bett zum Drinschlafen. Dort sitzt meine Frau. Sie kann ich auf Bestellung beschlafen. Leider muss ich zum Kühlschrank noch laufen. Aber manchmal erledigt das auch meine Frau für mich. Während ich auf der Arbeit bin, pflegt sie das Haus und die Kinder. Wenn ich von der Arbeit bin, kümmert sie sich um mich. Das ist der Deal. Dafür ist sie ja zuständig, das ist unvermeidlich. Ich habe darauf ja einen Anspruch.

Wie praktisch. Gäbe es keine Frauen auf der Welt, Siemens müsste welche herstellen. Das einzig relevante Problem ist das Verteilungsproblem und, viel schlimmer noch, wie wir die Weiber dazu bringen, dabei mitzuspielen. Dafür haben wir ja schließlich die Schulen und all die anderen Institutionen, die unsere Kinder, aber nicht nur diese, auf eine treffliche Weise erziehen.

Erziehungsauftrag. Menschenzurechtbiegungsauftrag. Zerstörungsauftrag. Die Mission, die Kinder in die Gesellschaft zu integrieren. Auf dass der Vorrat an Kaffee, Chips, Oralverkehr und Gleitmitteln uns niemals ausgehe. Dafür leben und arbeiten wir

schließlich. Das Heilsversprechen treibt uns an, sich an diesem Vorrat schamlos bedienen zu können, motiviert uns zu ungeahnten Höhen sinnloser Produktivität. Wir arbeiten vierzig, wenn nicht fünfzig Jahre lang, um „ein Stück vom Kuchen" zu kriegen. Diesem Ideal opfern wir uns ganz und gar. Weil wir Degenerierte sind, die sich alles kaufen wollen.
Wir denken, an allem hängt ein Preisschild dran und wir können es uns kaufen. Wir bauen Schulen, die uns genau das Tag für Tag einhämmern. Die Lehrer sind zwar Menschen mit Idealen, wollen diese vermitteln. Freilich. Aber in Wirklichkeit können auch sie nichts ausrichten außer einen letzten Kontakt mit einer sozusagen geistigen Welt herzustellen, bevor die Maschine die Leute dann kaputt macht.

Den kleinen Mädchen bringen wir in diesen unseren Kinderfriedhöfen bei, entweder selbst zu produzieren oder eben auf die ein oder andere Weise hinzuhalten. Den kleinen Jungen, dass sie nichts taugen, wenn sie nicht produzieren und kaufen. Wenn sie nicht geschäftstüchtig sind und konsumieren. Darin besteht

die ganze Verlogenheit der sogenannten Emanzipation. Ihr einziger Zweck: Selbst Konsumentin werden
In unseren Bildungsstätten wird auch längst keine Bildung mehr betrieben, sondern eine gnadenlose Uniformierung, Renazifizierung. Die Kinder kommen aus der Schule. Die kleinen Jungs streben in die Arbeit, ihr Ziel ist der Besitz von Haus, Auto und Frau. Die kleinen Mädchen kommen aus der Schule und wissen längst, mit welcher Ungeheuerlichkeit sie ja in Wirklichkeit konfrontiert werden. Die gedanklichen Horizonte sind eng, die Kategorien klar vorgegeben, die Werturteile eingeimpft. So laufen Jahr für Jahr mündige Demokraten vom Fließband in die Welt hinaus, um die Herrlichkeit und Macht des demokratischen Deutschlands zu bezeugen.
Begegnen wir der Kritik? Gehen wir damit um, wie wir es uns selbst immer wieder einreden? Wer kritisiert, ist bloß ein Neider. So ist es logisch, das haben wir gelernt. Ignorieren wir ihn, lachen wir ihn aus. Er sagt garstige Dinge über unsere herrliche demokratische Welt? Bloß ein Versager. Sein Problem: Dass er nicht genug abbekommt. Sonst nichts. Die Kritik ist längst

unmöglich geworden, unlängst und gerade rechtzeitig ausgerottet und mundtot gemacht. Das Fundament für tausend Jahre ist gelegt.

Was für ein Glück wir doch haben, in eine solche Gesellschaft geboren zu sein! Bestens dazu eingerichtet, ohne äußeren Zwang, ohne mit der Androhung von Armut und Elend im Falle der Befehlsverweigerung die Leute ganz von selbst in Hierarchien unterzubringen, in denen dann, Gott weiß es – deus vult - , von oben nach unten gefickt wird, dass sich die Balken biegen. Ohne dass man sich irgendwie schuldig oder schlecht fühlen müsste. Man sieht ja den Zwang nicht. Er ist unsichtbar, also ist er nicht vorhanden. Sie zieht sich ja selbst aus und macht die Beine breit, also ist es ihre *freie Entscheidung*.

Was nun die Perspektive der Frauen auf diese Tatsachen betrifft, so habe ich davon keine Ahnung. Insgesamt glaube ich durchaus, dass Frauen in diesen Fragen viel bewanderter sind. Dass sie auch weniger verurteilen, da sie diesen Bestandteil ihres Wesens viel eher verstehen, folglich auch über die Affektsteuerung

von Männern durchaus nicht belehrt werden müssen. Wie üblich wurde mir gegenüber in meinen Angelegenheiten geschwiegen. Diskriminiert war ich ohnehin, so dass man diese Entwürdigung tatsächlich schlecht als Bestrafung für mein Betreten ihres Zimmers hätte glaubwürdig machen können.
Als Gesprächspartner kam ich also nicht mehr infrage. Neu war das durchaus nicht. Die Alte sollte später behaupten, die Kollegen hätten mir gegenüber nichts als Mitleid gezeigt. Dieser Irrtum resultierte aus ihrer eigenen Disposition, entsprang ihrem eigenen Affekt, mehr nicht. Wenigstens darin war sie ehrlich.
Nicht nur war ich in der Abteilung isoliert und gebrandmarkt. Darüber hinaus musste ich, obwohl ich meine Stunden ganz eindeutig nach Anweisung der sogenannten Schulleitung verrichtet und abgerechnet hatte, ständig massive Abschläge auf meinen Lohn hinnehmen. Sozusagen Skandalsteuer zahlen. Zum Glück dauerte mein dritter Anlauf nur zwei Wochen, so dass ich den Zustand permanenter Entwertung diesmal nicht allzulange auf mich nehmen musste.

Tag 12

Ich laufe in der Grünanlage zwischen Hauptbahnhof und Messe auf und ab. Es ist eine milde Sommernacht, wie sie hier üblich sind. Am Telefon habe ich den Fürsten. Seit einer knappen Stunde rede ich auf ihn ein, um ihn davon zu überzeugen, den Favoriten der Alten zu feuern. Es gelingt mir nicht. Mein dritter Anlauf, der auch mein letzter werden sollte, ist da bereits gescheitert.
War ich nun an ihr oder am kranken Stolz des Favoriten gescheitert, der sich - für mich völlig unerwartet - rasant zum Schulleiter gemausert hatte? Das Ende der Beziehung lag nun mehr als ein Jahr zurück. Ein letztes Mal hatte ich mich entschlossen, mein altes Leben zurückzuerobern. Nunmehr seit anderthalb Jahren und etwas mehr war die Alte für mich nicht zu sprechen.
Was freilich nicht bedeutete, dass sie während dieser Zeit, zumindest über weite Strecken mein Konto kontrollierte und dies auch hemmungslos ausnutzte, mich ansprach, wann immer es ihr gefiel und mein

Schicksal betreffende Fragen effektiv ohne Zulassung der geringsten Widerworte willkürlich beschloss. Ich sank auf das Niveau eines Sklaven herab. Diese Demütigung habe ich ihr niemals verziehen.

Ich rannte dagegen an, aber da ich ihr mittlerweile Geld schuldete, welches sie sich auch beim ersten größeren Eingang wieder, freilich ohne zu fragen, von meinem Konto selbst überwies, hatte ich bei meinem zweiten Anlauf gar keine Chance. Es war mir schlicht unmöglich, mich zu wehren, da sie mir dann vermutlich kommentarlos den Hahn zugedreht hätte. Von Anfang an hatte ich meine Freundin, die ich bereits verloren geglaubt hatte, gemieden, war ihr aus dem Weg gegangen. Immer noch sprach sie kein einziges Wort mit mir und, wie ich jetzt bemerkte, mit auch sonst niemandem. Als ich in einer anderen Abteilung desselben Gebäudes war, ließ sie mir einen Zettel zukommen. Auf diesem stand, dass ich sie nicht meiden müsse.

Über ein Jahr schon hatte sie nicht mit mir gesprochen, auf diese Weise sogar die Beziehung beendet, wie ich manchmal vermutete, dann wiederum nicht. Sie war abgemagert und wog kaum noch 30 Kilo. Sie sprach weiterhin nicht. Ihre Unterarme waren dick bandagiert. Sie war durch und durch gezeichnet. Ihr Verfall war bereits deutlich fortgeschritten. Darüber konnte auch ich mich nun nicht mehr hinwegtäuschen.

Da ich im Kollegium ohnehin verstoßen und geächtet war und konsequent wie ein Schüler behandelt wurde, war mir dann auch völlig gleichgültig, wie die anderen darüber dachten. Mochten sie doch denken, was ihnen gefiel. Mich weiter herabstufen konnten sie kaum. Diesbezüglich hatten sie ihr Pulver verschossen. Außerdem hatte ich doch nicht ein Jahr oder etwas mehr um sie getrauert, um jetzt diese Gelegenheit verstreichen zu lassen.

Also nahm ich das Angebot an und unterhielt mich zwanglos mit ihr. Ich hatte den Eindruck, dass auch sie länger darauf gewartet hatte, so dass wir danach auch regelmäßig beim Frühstück beieinander saßen. Dabei hatte ich Angst, Angst, dass ein Zusammenbruch von ihr in meiner Gegenwart wieder das ganze miese Gerede in Gang setzen würde, gegen das ich mich

ohnehin nicht wehren konnte. Aber noch mehr Angst, dass das wieder zu einer dauerhaften Trennung führen würde. So saß ich neben ihr im Frühstückssaal und redete mit ihr. Ich redete wirres Zeug, das war mir klar, mit einer flattrigen Stimme. Ganz nervös nahm ich jeden, der sich uns näherte, ins Visier.
Ich erwartete sekündlich den Eklat, der kommen musste. Die Herausforderung, auf die ich hätte die Fassung wahren müssen. So war ich nervös, angespannt, geradezu panisch.
Ich wusste ja, dass diese Situationen nicht durchhaltbar waren. Es war völlig klar, dass ich das auf Dauer nicht aushalten würde. Diese Tischgespräche waren ja die allerschlimmsten, den ganzen Tisch hinunter hätte ich mir gewünscht, dass die Leute einfach ihr Maul halten und mich auf keinen Fall ansprechen würden.
Die ganze Situation war ja einfach untragbar, absolut idiotisch, zu denken, es wäre möglich, dass sowohl sie als auch ich in dieser Schule würden bleiben können. Eine ganz und gar perfide Maßnahme der Alten, dachte ich. Ich kann dieser Situation nicht entfliehen,

einerseits. Ich kann diese Situation nicht vermeiden, andererseits. So warte ich darauf, dass etwas passiert. Mehrere Tage vergehen so.

Als ich ein paar Tage später vom Mittagessen weggehe, nehme ich mir vor, meine Freundin in ihrem Raum aufzusuchen. Als ich den Gang hinabgehe kommt mir die Alte entgegen. Unvermittelt, ehe ich an ihr vorbeigehe, packt sich mich am Arm. In ihren Augen eine Art Entsetzen. Offenbar ahnt sie, wohin ich will. Jetzt erst hasse ich sie.

Ich hasse sie, weil sie mich einfach so weitergereicht hatte, als sie mich ignorierte und mir ihren tollen Favoriten als für mich zuständige Person auswies. Noch viel mehr hasste ich sie dafür, dass sie diese Beziehung auf jede erdenkliche Weise gefördert hatte. Sogar zu ihr hin hatte sie mich gefahren, nur um später davon nichts gewusst zu haben. Als die Sache brenzlig wurde, für sie möglicherweise sogar gefährlich, hat sie mich ganz billig verkauft, an der nächsten Straßenecke ausgesetzt, mich einfach vor die Tür gesetzt. Sogar niederträchtig genug war sie, mit dem Finger auf mich zu zeigen, als meine Freundin dann den Verstand verlor.

Sie packt mich am Arm, um mich davon abzuhalten, diese für mich absolut unerträgliche Situation aufzulösen. Ich musste mich immer beweisen, ich musste immer Stärke zeigen. Jetzt schaut sie mich an, unendlich schwach. Ich sollte die Dinge einfach so hinnehmen, wie sie waren, ohne mich davon beeindrucken zu lassen. Ich sollte über diese Vernichtungstatsache meiner Freundin einfach hinweggehen und meine Arbeit machen, ohne mich dadurch beeinträchtigen zu lassen. Genauso, wie sie es getan hätte, denke ich, dachte sie.
Jetzt ging ich nur hin, um das unvermeidliche Gespräch zu führen, die unvermeidliche Steigerung der Situation zu erzwingen. Und sie ist voller Furcht vor diesem Unvermeidlichen, will mich sogar daran hindern. Ich schaue ihr in die Augen. Voller Verachtung blicke ich sie nur kurz an und sage, dass ich weiter muss. Dann mache ich mich los und gehe weiter.

Tag 13

Fünf Monate ist es nun her, dass ich gekündigt habe. Inzwischen ist die Schule in ein neues Gebäude gezogen und das neue Schuljahr steht vor der Tür. Meinen regelmäßigen Gast habe ich verprellt durch meinen Versuch, mich wieder an der Schule zu etablieren, meine Anstellung zurückzuholen. Der Kontakt reißt ab. Er rät mir dringend von einer Rückkehr in dieses Irrenhaus ab. Den Kontakt zur Alten sollte ich ganz abbrechen. Der Alternativplan, so weiterzumachen und sich zusätzlich durch kleine Geschäfte mit Marihuana über Wasser zu halten, erscheint mir jedoch deutlich weniger erstrebenswert, als es wenigstens zu versuchen. Seine größten Vorbehalte gelten der Alten. Leider sollte er Recht behalten.
Die Schikane beginnt unmittelbar. Mir wird ein wöchentlicher Drogentest abverlangt. In der erste Woche werde ich auf alles getestet. Bis auf leichte Marihuanarückstände ist nichts zu finden. Jede Woche muss ich jetzt dorthin. Da ich die Arbeit brauche, da

ich der Alten Geld schulde, nehme ich das in Kauf. Ich lebte ja immer noch in dem Irrtum, ohne Weiteres und in Kürze wieder ein normaler Mitarbeiter der Schule zu sein. Ich dachte ja tatsächlich, dass ich es mit einer Freundin zu tun hatte, der gegenüber eine Pflicht hierzu bestand. Ich wollte also meinen Teil erfüllen, nebenbei meine Schulden bezahlen, danach wieder eine gewisse Normalität erreichen. Diese wurde mir auch mehrfach in Aussicht gestellt.

Die Alte hat mir diese fatale Illusion nie genommen. Im Gegenteil hat sie diese immer wieder selbst als realistische Zukunft in Aussicht gestellt. Zunächst hatte ich die dann folgenden Schikanen als Missgeschick, als paranoide Fürsorge interpretiert. An Absicht wollte ich da auch noch nicht glauben. Außerdem hätte sie einfach mein Stipendium einbehalten, wenn ich meine Schulden nicht durch die Arbeit ausgeglichen hätte. Wodurch ich sofort obdachlos geworden wäre. So waren solche Spekulationen nicht nur höchst unerfreulich, sondern ebenso fruchtlos.

Eine ihrer alten Freundinnen hat der Alten mittlerweile ein Paket zugeschickt. Inhalt: Eine Kandidatin für die Schulleitung. Natürlich wird sie, obwohl gerade Anfang 30 und Sportlehrerin, sofort Leiterin. Mit ihrem Favoriten und der Neuen formt die Alte nun ein Trio infernale. Die Lage ist für mich völlig hoffnungslos. Die Alte ist besorgt, was mich betrifft, verliebt, was ihn angeht, und identifiziert sich intensiv mit der Neuen. In dieser Situation fällt es ihren beiden Schoßhunden leicht, die Lage gegen mich zu benutzen, um mich endgültig von der Alten loszueisen. Sich selbst in die Rolle der scheinbar Begünstigten zu begeben.
Folglich platziert ihr Liebling sich so, dass er der Alten auf jede Weise gefällig ist. Ob das auch Bettgeschichten einschließt! Wer weiß! Auch die Neue wittert in dem allseits beliebten Sonny Boy ihre große Chance. Bald finden sich die Interessen, so wird ein Schuh draus. Beide umschwänzeln die Alte, nur die ist blind dafür und lässt es sich gefallen. Auf eine sehr charmante Weise wollen sie mich beseitigen. Indem sie vorgeben, nur mein Bestes zu wollen, reden sie ihr meine Anschlussfähigkeit an die Schule aus. Einen

wahren Kern hat es ja. Ja, aber. Ja, aber! Hinter dem „Aber" stets ein Satz, der auf Kollegen oder meine Schwächen verweist. Der anzeigt, dass man ja gerne und mit größter Sympathie wolle, aber eben nicht könne. Wegen der anderen, wegen mir und wegen der allgemeinen Konjunkturlage.
Sie sitzt vor mir und erzählt mir diese Sätze in der „Wir"-Form. Wie fürsorglich und einfühlsam doch stets der Teil der Welt ist, mit dem wir keinen Kontakt haben und der von unserer Verkleinerung profitiert, in den Augen der vor Sorge Blinden! Realistisch und zynisch höre ich diese Dinge und denke mir, wie edel doch der Mensch ist, hilfreich und gut. Ganz selbstlos. Welch glücklicher Zufall, dass die Schönen auch stets die Klugen sind, die Anbiederer die Freigeister und die Geier sich stolz wie Adler in die Lüfte erheben.

So sehr ist sie also darauf bedacht, ihre beiden Helferlein zu meinen Herrschern zu machen, dass sie meine Auflagen auch noch als freundschaftlichen Akt des Wohlwollens bezeichnet. Dies nicht, das nicht! Bevor ich wieder vollwertiger Mitarbeiter sein kann,

muss ich mich zuerst als Knecht verdingen, willfährig sein und artig, auf die Hälfte meines Lohnes verzichten und es mir bieten lassen, dass dieses Trio, das die Anklage führt, über mich auch noch zu Gericht sitzt. Alles wegen einer vermeintlichen Liderlichkeit. Die wirklichen Halunken sitzen auf der anderen Seite des Tisches, flankieren die Alte und verspotten dich, bestimmen über dich, flüstern ihr zu, dich bloß nie aus dieser Lage zu entlassen. Wenn du nicht, ja wenn du nicht dies und jenes zuerst geleistet hast.
Sie hört darauf, identifiziert sich mit diesen sogar. Es ist klar, dass diese Form der „Beziehung" die von ihr gewünschte ist. Ich muss es ertragen, bis meine Schulden abgetragen sind. Danach, denke ich, werden die Karten neu gemischt.

Tag 14

Meine Freundin demütigte mich durch Schweigen, wie ich annahm. Ich unterstellte ihr absurderweise dabei nun eine böse Absicht. Ich nahm an, sie hätte die Alte und mich aus der Ferne beobachtet. Dass sie die die vollständige Ignoranz der Alten mir gegenüber einfach hatte kopieren wollen. Ich fing an, das Schweigen meiner Freundin auf diese Weise zu sehen. Es war das pathologische, unverständliche. Nun dachte ich, es sei das bösartige, verständliche Schweigen, wie es die Alte betrieb.
Dabei war das ja nicht das eigentliche Problem zwischen der Alten und mir. In Wirklichkeit lag die Sache ja anders. Die Ignoranz der Alten wäre ja in Ordnung gewesen. Wären wir unabhängig gewesen, hätten wir nichts miteinander zu schaffen gehabt, wäre ihre Haltung ja die natürliche gewesen.
Zumindest wenn sie damit beabsichtigt hätte, mir die Freundschaft aufzukündigen. Dann wäre ihre Haltung verständlich gewesen, absolut üblich. So waren wir aber nicht unabhängig, ihre Haltung nur die

niederträchtige, bösartige. Eine private und berufliche Bestrafung. Wofür - das habe ich nicht herausbekommen. Ihre späteren gegenteiligen Beteuerungen hierzu waren die geheuchelten, verlogenen, nichts weiter.
Ich wollte sie davon abbringen, daher stritten wir uns. Während ich also gegen ihr Schweigen anging, verwandelte sich auch das eigentlich pathologische Schweigen meiner Freundin in ein bösartiges.
Wieder an die Schule zurückgekehrt laufe ich von Anfang an wie ein Fremder über die Korridore. Auch einige Lehrer lerne ich gar nicht erst kennen. Die meisten Schüler werden mir nie vorgestellt. Formal habe ich gar keinen Zuständigkeitsbereich bis auf die Schach-AG. So vertrete ich Stunden und kümmerte mich um all diejenigen, die aus dem regulären Unterricht ausbrechen.
Da ich hierfür keinen Raum und auch keine sonstigen Mittel habe, binde ich sie dann einfach in meinen Alltag ein. Manchmal gehe ich mit ihnen dann einkaufen, manchmal rauchen, manchmal Kaffee trinken. Da ich keine Schlüssel bekomme, von Anfang

an also keinen Raum betreten kann, lungere ich meistens in einem leeren Raum herum.

Wenn die anderen mittwochs konferieren, bin ich draußen und passe auf die Schüler auf. Ich arbeite auf Stundenbasis und bin viel dort. Wenn etwas anfällt, um das ich mich kümmern muss, oder wenn ich eine Weisung erhalte, notiere ich die Stunden. Von diesen wird mir am Monatsende dann die Hälfe einfach gestrichen.
Wie ich weiß, erklärt die Alte sich in dieser kleinen Unannehmlichkeit für nicht zuständig und überträgt diese lästige Aufgabe ihrem Favoriten. Natürlich dachte ich erst, dass sich das irgendwann, sicherlich schon bald, ändern würde. Man hat mir ja auch immer wieder zugesagt, dass die Dinge sich schon entwickeln würden, wenn ich nur negative Drogentests beibringen würde. Ich brachte sie bei. Dann wurde behauptet, da liege sicherlich irgendein Fehler des Tests oder ein Betrug von mir vor. So vergingen am Ende ganze fünf Monate, an deren Ende ich dann schuldenfrei war. Gebessert hat sich in der gesamten Zeit dann gar

nichts. In genau derselben Sekunde habe ich dann die Schule verlassen. Von einer Kündigung konnte ja keine Rede sein.

All das billigte sie nicht nur. Es war ihr Wille. Dass sie ihren Liebling und seine Frau nicht nur zu ihren Nachfolgern in der Schulleitung, sondern auch in der Herrschaft über mich bestimmen wollte, sollte meine Unterwerfung komplettieren. So trafen sich ihr Bedürfnis, mich auszulöschen, und deren Bedürfnis, mich zu marginalisieren und von ihr wegzustoßen. Was sie verband war das Interesse an meiner Beseitigung. Bei den beiden Ratten handelte es sich schlicht um Kalkül. Bei ihr um eine unbezähmbare Kontrollsucht, die ich nur als krankhaft bezeichnen kann.

In dieser Zeit entwickelte sich unser Muster, welches sie niemals durchbrechen konnte. Das erst viel später zum endgültigen Zerwürfnis führen sollte.

Wenn wir uns den Erwartungen der anderen anpassen, wir uns von ihnen nicht unterscheiden, bringen wir diese Zweifel an unserer Identität zum Schweigen und gewinnen damit eine gewisse Sicherheit. Aber der Preis dafür ist hoch. Wenn man seine Spontaneität und seine Individualität aufgibt, so führt das zu einer Vereitelung des Lebens. Auch wenn ein solcher Konformist biologisch noch weiterlebt, ist er doch emotional und seelisch tot. Er bewegt sich weiter, aber das Leben rinnt ihm durch die Finger wie Sand.

Erich Fromm

Tag 15

Gerade bin ich aus dem Kloster zurück. Meine Freundin und ich schreiben uns in größer werdenden Abständen. Sie antwortet meistens sonntags, was mich sehr verwundert. Was ich ihr mitteilen muss, ist für mich grausam. Ich will es ihr ja gar nicht schreiben, aber es geht nicht anders. Ich teile ihr also ohne Umschweife mit, dass ich den Kontakt zu ihr bis auf Weiteres abbrechen muss.
Über den Grund belüge ich sie. In Wirklichkeit warte ich ja nicht darauf, dass die Alte mir irgendein Zeichen gibt, wie ich behaupte. Da ich die inzwischen verabscheue, ist mir das egal. Eigentlich warte ich darauf, dass meine Freundin aus den Fängen der Alten herauskommt, dass auch sie endgültig mit dem Laden und meiner Peinigerin bricht. Was aber auch mir noch gar nicht gelungen ist. Aber vorerst scheint es so, als müsste sie dort hin. Auch ich selbst stehe nach wie vor unter der Fuchtel der Alten.
Diese Verstrickung kann ich unmöglich riskieren. Es wäre die für uns beide gefährliche. Vermutlich am

Ende tödliche, denke ich. Also schreibe ich ihr, dass ich den Kontakt zu ihr abbrechen müsse. Ich schreibe, dass wir uns ja dann wiedersehen werden. Sie antwortet, dass ich offenbar nicht weiß, was ich will. Natürlich antworte ich, dass ich das durchaus wisse. Sie selbst schreibt davon, „zum Alten zurückzufinden". Ich weiß, dass das absolut unmöglich ist, fatal wäre. Ich habe sie damit im Stich gelassen, aber ich konnte ihr nicht helfen. Also habe ich meinen Arsch gerettet, ihren dafür ausgeliefert. Das ist die Wahrheit. Es ist also zum Teil meine Schuld, denke ich. Ich hatte einfach nicht die Mittel, um ihr da raus zu helfen. Jetzt ist sie verloren.

Wir hatten uns sehr schnell ineinander verliebt. So haben wir das durchaus gewusst, aber es gab ja keine Möglichkeit, daraus eine sogenannte Beziehung zu entwickeln. Das war uns völlig klar. Trotz oder vielleicht gerade wegen dieser Einschränkung waren wir die damit Zufriedenen, Glücklichen.

Wir verbrachten viel Zeit miteinander. Ich erzählte ihr ganz gerne meine Neuigkeiten. Auch war ich ein großes Lästermaul. Sie war meine neugierige

Zuhörerin. Viel erzählte sie nicht. Ich las dafür umso mehr und ging meinen Gedanken nach. Ihr gefielen diese durch und durch verrückten Gedankengänge, die für mich ja die allernachvollziehbarsten waren. Sie verstand mich darin.
Das war das Außergewöhnliche. In seinen sogenannten abnormalen Gedanken ist man ja sonst immer eingesperrt, alleingelassen. Misstrauisch beäugt und am Ende für geisteskrank gehalten. Wenn man sozusagen gedanklich die Absperrung durchbricht und sich auf freiem Feld bewegt, ist man ja meist der Missverstandene, der Irre.

In diesem Fall war ich jedoch einmal nicht dieser Irre, sondern der Verstandene. Wir verharrten sozusagen in diesem zufriedenen Zustand, ließen alles darüber Hinausgehende außen vor. Wir waren darin ungestört. Wir konnten jederzeit weitergehen, aber haben es uns untersagt. Um uns herum wurde das allgemein erwartet. Aber vor dieser vielleicht zerstörerischen Veränderung unserer Beziehung hüteten wir uns. Gewissermaßen aus Verlegenheit. Vielmehr aber, weil wir die Gefahr darin erkannten.

Naturgemäß rechnen wir immer damit, dass wir mit den uns umgebenden Menschen noch sehr lange zu tun haben werden. Wir weigern uns, eine gute Sache aufzugeben, um sie voranzutreiben, da am Ende dieser Vorantreiberei ja doch immer ein Abstieg folgt. So hätten wir in diesem ursprünglichen Zustand noch ohne Weiteres jahrelang verharren können, aber ihr Verfall zwang sie sozusagen dazu, all das zu beschleunigen.

So gerieten wir dann auch in eine durch und durch extremistischen Beziehung, die dann auch ebenso extremistisch zu Grunde ging. Als wir uns ein paar Monate später dann ganz aufeinander einließen, war sie bereits ein weitestgehend zerrütteter Mensch. Die Ursprünglichkeit war verloren. Jetzt suchte sie Halt bei mir, aber ich konnte ihr ja keinen geben. Diese Übertreibung der Beziehung, die wir später auslebten, hat uns jegliche Zukunft verbaut und uns korrumpiert, dachte ich. Aber das war ein Irrtum. Vielmehr war das alles notwendig, sozusagen die letzte Konsequenz.

Als ihre Zerstörung manifest wurde, musste eine

Veränderung eintreten. Wir haben die allesvernichtende gewählt, auf die wir es angelegt hatten. Bewusst und absichtlich sind wir darauf eingegangen. Wohl wissend, dass sie letzten Endes doch die unvermeidlich Zerstörte war, ganz ohne Morgen.

Ein Jahr nach diesem unserem ersten Mailverkehr haben wir erneut lose Kontakt, sehr lose. Es entwickelt sich kein echtes Gespräch. Wir korrespondieren auch über den Wahnhaften. Ich kenne ihn gut. Sie rät mir davon ab, mit ihm in Kontakt zu bleiben. Er sei unberechenbar und habe ein schweres Problem mit Frauen. Da ich ihn gut kenne, ist mir das bekannt. Aber ich halte mich da raus. Ich will da nicht wieder reingezogen werden. Also weise ich ihren Rat zurück, mich von ihm fernzuhalten. Aus ihren Äußerungen kann ich nichts herleiten, was ich nicht ohnehin schon wüsste. Also bin ich nur mäßig beunruhigt.

Tag 16

Tatsächlich gibt der Fürst mir wieder Arbeit. In einer anderen Abteilung. Von allen Beteiligten war er letztlich der geradlinigste, der mit den ehrlichen guten Motiven. Einmal abgesehen von dem Kollegen, der sich in der Kategorie der Integrität als völlig unbescholten erwiesen hat. Der Unbestechliche. Die Motive des Fürsten habe ich bis zuletzt nicht verstanden. In meinen Begriffen war er einfach geldgierig und nebenbei warmherzig, aber auch verschlagen und jederzeit bereit, jemanden über die Klinge springen zu lassen, wenn es ihm nützlich erschien. Es war schwer zu sagen, weil er in seinen Handlungen selten konsequent war und nie eine klare Einstellung erkennen ließ. Sich schlicht und ergreifend wenn nicht irrte, so doch ganz oft belog. Er wird einmal ein grundanständiger Mensch gewesen sein, das zeigte sich, aber er hat sich dann mir gegenüber, wie das so üblich ist, wenn man die Macht hat, von der Bequemlichkeit zur Ungerechtigkeit verleiten lassen. Ich war dem Fürsten schon davor dankbar dafür gewesen, dass er, als die Alte ging, ihr dieselbe Ehre erwies, die sie mir zuteilwerden ließ, als ihr Favorit mich aus der Schule warf: Nämlich nicht die geringste. Vor der Zeit des Favoriten hatten wir wochenlang eine kritische Situation in der Schule. Mehrere Lehrkräfte hatten gekündigt. So waren wir am Ende noch zu viert, mich eingerechnet. Da hatte ich mich voll eingesetzt, um den Schulbetrieb aufrechterhalten zu können, und hätte von da an eigentlich wenigstens mit etwas mehr Respekt verabschiedet gehört. Es gab jedoch nie die geringste Regung in diese Richtung. Am wenigsten von Seiten der Alten, für die ich nur noch ein abgefallener Sünder war. Sogar die Kollegin, welche versucht hatte, die Alte abzusägen, war als verdiente Mitarbeiterin entlassen worden. Mir gab man einen Tritt. Damit hatte es sich.

Welche Genugtuung! Zu sehen, dass sie nun auf die gleiche Weise, ohne offizielle Zeremonie und großes Trara, wie sie es selbstverständlich glaubte verdient zu haben, die Schule verließ. Lediglich verabschiedet mit ein paar warmen Worten ihres Schoßhundes. Mehr noch zeigte sie sich mir gegenüber ob dieser Behandlung verärgert und betroffen, ohne auch nur eine Sekunde darauf zu verwenden, dass sie mit mir ja noch viel ekelhafter umgesprungen war.

Der Fürst hat sich auch von seinen durchaus zutreffenden Analysen der sadomasochistischen Natur dieser Beziehung nie abbringen lassen. Wo einer befugt und befähigt ist, eine solche perverse Gewalt auszuüben, da muss es für diese auch ein Objekt geben. Einen, an dem sie sich austobt. Die anderen haben sich lediglich mit dieser verbündet und sie, voller guter Absichten natürlich, immer wieder aufs Neue legitimiert und angestachelt, mich bloß nicht wieder auf die Beine kommen zu lassen.

Was der Fürst leider nie richtig gesehen hat, wovor er sich dumm stellte, das war die Rolle ihrer designierten Nachfolger. Er erkannte nicht, dass sie meine Vernichtung nicht nur in Kauf nahmen, sondern sich aktiv und ganz ohne dazu angespornt werden zu müssen mit einer gewissen Begeisterung daran beteiligten, denke ich. Sie sahen nur ihren Vorteil, sonst nichts. Für alles andere waren sie blind. In ihrer

Dummheit ging die Alte nicht nur soweit, „wir" zu sagen, sondern, diese Kanaillen einschließend, auch noch von meinen „Freunden" zu sprechen.
Mit der Frau ihres Schönlings hatte ich bis dato quasi gar nicht gesprochen. Mit ihm sprach ich ab und an.
Die Alte verweigerte jegliche von mir angeregte Aussprache. Alle drei waren heftig engagiert in dem Geschäft, mich an meinen Fehlern aufzuhängen und bis zur Anpassung meiner Person an ihre Unterwerfungswünsche schlicht in der Schülerrolle zu belassen.
Es stellte sich immer wieder heraus, dass es daraus gar kein Entrinnen gab. Egal was ich anstellte, es wurde mir bestenfalls neutral angerechnet. Wenn man die Realität nicht zur Kenntnis nehmen möchte, dann findet sich auch immer eine passende Ausrede. Dann hieß es von ihrem Günstling, ich wäre unzuverlässig. Ich hatte zuvor einmal regulär gekündigt. Davor war ich stets absolut pünktlich und in jeder Beziehung verlässlich gewesen.
Dieser Unzuverlässigkeitsvorwurf war ja unausrottbar, unbesiegbar, da ich ja tatsächlich nie unzuverlässig

gewesen war. Ich wurde also aufgefordert, meine Zuverlässigkeit sozusagen in einer herausragenden Weise unter Beweis zu stellen. Das war natürlich völlig unmöglich, wo ich ja bereits der absolut, geradezu pathologisch Zuverlässige gewesen war. Da ich aber keine von meinen sonstigen Gewohnheiten abweichende Zuverlässigkeit, die ja naturgemäß eine pathologische und extreme war, zeigte. Trotzdem konfrontierten sie mich immer und immer wieder sinnlos und schamlos mit dieser Anforderung, ihnen doch endlich meine Zuverlässigkeit unter Beweis zu stellen.

Dieses Urteil, ich sei der Unzuverlässige, stand ihm auch keineswegs zu. Ich war der „Dienstältere", er nur der vom Schicksal Begünstigte und formal keineswegs mein Vorgesetzter. Darüber hinaus hatte er mir diese Stelle zu verdanken. Nun zeigte er sich erkenntlich. Informell hatte er sich durchaus in die Schulleitung eingevögelt. Nur darauf kam es noch an.

Ihre Wirkung verfehlten diese Verleumdungen bei der Alten jedenfalls nicht. Woche für Woche verrichtete ich also meine Arbeit, aber auf den

Zuverlässigkeitsvorwurf hatte dies natürlich nicht den geringsten Einfluss.

Es wurde mir also andauernd ein Verhalten als Bedingung für die Aufhebung der Erniedrigung abverlangt. Wenn ich dieses Verhalten aber von Natur aus an den Tag legte, so wurde die erfüllte Anforderung einfach durch eine andere abgelöst. Oder aber diese beruhte von vornherein auf falschen Vorstellungen, die man mit der Realität ohnehin nie ernsthaft verglichen hatte. Warum also nun damit anfangen?

Tag 17

Es ist der Vorabend der Taufe meiner Tochter. Der Favorit der Alten ist extra angefahren, um den Patenonkel meiner Tochter zu spielen. Es ist ein paar Jahre her, seit er mich aus der Schule geworfen hat. Genau ein Jahr, nachdem er sich dazu erdreistete, habe ich eine Rundmail an die Kollegen geschrieben, in der ich log, dass sich die Balken bogen. Ich bezeichnete ihn sogar als einen guten und *zuverlässigen* Freund.
Mir gegenüber waren sie stets herablassend gewesen, also rechnete ich auch nicht damit, dass das nun jemandem auffallen würde. Man muss den Leuten ja immerzu ins Gesicht schlagen: Dies ist eine Ironie! Dies eine Doppeldeutigkeit! Dies eine Selbstvernichtung! Sie wollen das nicht glauben, viel eher, ganz schnell, sagen sie: „Dies ist eine naive Dummheit und eine Selbstgerechtigkeit!", als dass sie die Denkfigur durchdenken würden, wozu sie ja gar nicht in der Lage sind, dachte ich. Und so hatte er sich mit mir befreundet, ist sogar zum Patenonkel meiner

Tochter geworden. Obwohl einem eine solche Ironie doch ins Gesicht springen musste.

Dabei hatte ich mit seiner Berufung zum Taufpaten durchaus nicht beabsichtigt, dass sich die Dinge so entwickeln würden. Tatsächlich hatte ich geglaubt, dass die Konfliktpunkte der Vergangenheit auf eine natürliche Weise zu Ende gehen würden. Dass man sich nun einmal in Ruhe unterhalten und das gemeinsam Erlebte abhaken könnte, weil es keine Relevanz mehr hatte.

Ich hatte meine Existenz solide begründet. Ich nahm also an, dass ein gewisses Umdenken stattgefunden hätte, das sich im Verhalten mir gegenüber natürlich auch niederschlagen würde. Vielleicht sogar, dass man wechselseitig Fehler einräumen und sich dafür entschuldigen würde. Dass sich letztlich wirklich das Allermeiste als dummer Irrtum herausstellen würde und dass man mir gegenüber am Ende vielleicht sogar wirklich durchgehend wohlwollend eingestellt war, während man halt irgendwie gezwungen war, mir gegenüber zu schweigen und so mit mir umzuspringen.

Der sozusagen heimliche Zweck dieser Mail würde sich an diesem Abend dann auch tatsächlich erfüllen. Er, ein Bruder meiner Freundin, und ich waren frühabends losgegangen, um in einer nahen Kneipe zusammenzusitzen. Im Verlaufe des Abends konfrontiere ich ihn mit meinem Rauswurf. Zuvor hatte ich immerhin selbst gekündigt, lasse ihn also damit unbehelligt.

Diesmal ist er munter genug und die Alte weit genug weg, so dass er sich mir gegenüber nicht länger verleumdet und endlich auspackt. Er gibt zu, dass er mich damals suspendiert hat, weil er dachte, dass ich meine Freundin sexuell belästigt hätte. Treffer! Das war eine grandiose Nachricht. Sie stellte völlig klar, dass ich nicht gänzlich verrückt sein konnte. Mit dieser Hypothese operierte ich schon seit einer Weile. Vermutlich ist das in solchen Zusammenhängen auch ganz normal, dass man sich regelmäßig ernsthaft die Frage vorlegt, ob man nicht selbst in Wirklichkeit der tatsächliche Verrückte ist, der sich in einem Realitätsirrtum befindet oder die Gegenseite, die solche Selbstzweifel offenbar gar nicht kennt.

Es war völlig klar, dass entweder ich die Dinge auf eine völlig falsche, vielleicht sogar kranke Weise auffasste oder eben die Alte. Möglicherweise sogar wir beide. Aber auch dann würde der Standpunkt des einen den des anderen überwunden haben, da diese absolut unverträglich waren.
Sie hatte stets betont, dass ich die Sache völlig falsch sehen würde. Dass ich paranoid und gestört wäre, da niemand die Sache so gesehen hätte. Das waren ihre Worte. Dass ich mir das alles nur einbildete. Dass ich reif für die Insel sei. Dass niemand die Sache so gesehen hätte. Vor mir sitzt nun ihr Liebling und erklärt mir freimütig, dass er die ganze Story von Anfang an für eine Missbrauchsgeschichte gehalten hatte. Dass ich frühzeitig hätte erkennen müssen, dass sie sehr krank war. Dass ich jahrelang als perverse Sau gegolten hatte. Ich spare mir den Hinweis, dass keiner von uns gedacht hatte, dass sie *derartig* krank wäre. Dass ich sie letztlich bei unserer letzten Begegnung aggressiv begrapscht hätte.

All das liegt nun im Raum. Ausgesprochen liegt es vor mir. Lange hatte ich mich um diese Klarheit bemüht. Da ist sie. Noch etwas benommen sitze ich da. So richtig eingeschlagen ist die Neuigkeit noch nicht. Vielleicht auch zu heftig. Rhetorisch fragt er mich, ob er sich für meinen Rauswurf auch noch *entschuldigen* solle.

Ich beantworte die Frage nicht. Ich lag richtig und sie lag falsch. Vielleicht nicht bis ins letzte Detail. Doch prinzipiell hatte sich meine Sicht gerade bestätigt, während ihre widerlegt war. Das war das Entscheidende. Hatte er wirklich keine Ahnung? Oder war er nur selbstgefällig genug, um anzunehmen, dass er damit gut fahren würde? obwohl er mich für einen Triebtäter gehalten und danach gehandelt hatte? Hatte er sie überhaupt in dieser Sache angelogen oder hatte sie die Wahrheit einfach nicht wissen wollen?
Natürlich operieren wir, wenn wir mit so ungeheuerlichen Vorwürfen konfrontiert sind, instinktiv in dem Modus, dass unsere Ankläger ihre Verdächtigungen weder uns noch unseren Freunden

ins Gesicht werfen würden. Natürlich habe ich gemerkt, dass etwas im Busch war. Das war ja offensichtlich. Ich hatte es vermutet, dass man mir gegenüber derartiges nicht aussprechen würde.
Aber die Leute leben ihre Verdächtigungen dann schamlos aus, wenn es ihnen zu viel wird. Wenn sie mit der ständigen Konfrontation nicht mehr auskommen. Wenn sie sich bereits als Sieger wähnen. Sie können sich vor diesem ihren eigenen Verdächtigungen ohnehin nicht verstecken. Als dann die Eskalation da war und er mich suspendierte, dachte ich, hatte er die Alte gar nicht angelogen. Daher ging ich natürlich davon aus, dass die Alte darüber Bescheid wusste.

Jetzt dachte ich jedoch wieder, dass er auf ihre Frage einfach geantwortet hatte, dass ich von Jetzt auf Gleich die Flinte ins Korn geworfen hätte. Sie war damals nicht in der Schule gewesen. Also musste sie sich auf das verlassen, was ihr gesagt worden war. Deshalb wunderte es mich umso mehr, dass sie mich gar nicht erst danach gefragt hatte. Was sich zwischen ihm und mir abgespielt hatte, wussten nur wir beide. Ebenso, was sich zwischen meiner Freundin und mir zugetragen hatte. Mich hatte sie auch darüber nie befragt. In ihrer mir gegenüber geübten Ignoranz, das war völlig klar, würde sie mich entweder gar nicht erst fragen oder mir nicht glauben.

Im Grunde war es also völlig egal, absolut gleichgültig, was sich wirklich ereignet hatte. Sie würde es ohnehin nicht herausbekommen. Außer er würde ihr die Wahrheit sagen. Dazu bestand jedoch seinerseits kein Anlass. Was sich wirklich zugetragen hatte, wollte sie auch gar nicht wissen. Es war ihr tatsächlich vollkommen egal. Sie interessierte nur, welchen Nutzen sie daraus schlagen konnte. Welche Hebelwirkungen sie daraus erzielen konnte, um mir ihren Willen aufzuzwingen.

Sie wollte glauben, was er ihr weis machen wollte. Das war alles. In Wirklichkeit wollte sie gar nicht wissen, was sich eigentlich zugetragen hatte. Sie fragte in solchen Dingen, besonders wenn ich betroffen war, stets die Gegenpartei zuerst. Wenn sie dann, nachdem sie sich sozusagen über die von ihr schon im Voraus mit Bestimmtheit vermutete Wahrheit vergewissert hatte, sogar mich dann noch fragte, dann glaubte sie mir nicht. Dann nannte sie mich einen Verrückten oder einen Lügner.

In diesem speziellen Fall hatte sie mich glücklicherweise gar nicht erst gefragt. So blieb es mir erspart, mich von ihr auch noch als Verrückten oder Lügner bezeichnen zu lassen, denke ich. Zweifelsohne hätte sie mich bereits ganz am Anfang mit vor Wut bebender Stimme unterbrochen, mich mit dieser gereizten Stimme darauf hingewiesen, dass ich ein Verrückter sei. Oder ein Lügner.

Das war ja ein für mich inzwischen üblicher und damit absolut gewohnter Vorgang. So waren der Fürst und ich verabredet gewesen. Ich hatte um dieses Gespräch gebeten. Vor dem Termin rief ich dann die Alte an, um mit ihr durchzugehen, wie ich mich strategisch klug verhalten würde. Das Gespräch verlief schwierig, aber ich konnte das Wesentliche umsetzen. Der Fürst rastete völlig aus, als ich ihm ganz einfach sachlich und freundlich die Grenzen aufzeigte. Er versuchte ohnehin nur, mir mal wieder klarzumachen, dass seine

Angestellten – zu denen er mich konsequent nie rechnete – sich mir gegenüber völlig vorbildlich verhalten hätten.

Auf den Punkt, dass man mir vielleicht etwas früher hätte mitteilen können, dass ich nicht mehr willkommen wäre, ging er gar nicht ein. Er ist dann auch, da er sich konsequent auf verlorenem Posten wiederfand, völlig aus der Fassung geraten und hat mich rausgeworfen. In der Tür stehend fiel es ihm am Ende sichtlich schwer, mir für meine gelungene Gesprächsführung nicht auch noch eine reinzuschlagen.

Zu Hause angekommen rief ich die Alte an, um ihr von meinem Triumph zu berichten. Aber der Fürst hatte sie schneller informiert. Sofort wirft sie mir die heftigsten Vorwürfe an den Kopf. Dass ich mich absolut schlecht verhalten hätte. Dass ich, der ich in Wirklichkeit die ganze Zeit absolut gelassen gewesen war, vollkommen ausgerastet wäre. Als sie mich dann auch endlich zu Wort kommen ließ, antwortete sie ganz unverblümt, dass mir nicht glaubte und legte erbost auf.

Ich konnte mit ihr schon lange nicht mehr vernünftig reden. Jeder Ansatz hierzu wurde von dieser gereizten Stimme, von dieser wütenden Person, im Keim erstickt. Immerzu verlor sie sich augenblicklich. Wie man sagen muss, war sie richtiggehend besinnungslos vor Wut. Manchmal auch vor Verzweiflung. Sie brachte es meistens nicht einmal fertig, mich ausreden zu lassen. Es war sogar durch den Telefonhörer zu hören, dass sie bereits wieder in einem Zustand totaler Wut und totaler Realitätsverweigerung eingetreten war. Sozusagen in den Zustand der Gerechtigkeit. Sie konnte es dann gar nicht abwarten, mir ihre wütende Gerechtigkeit um die Ohren zu schlagen.
Hin und wieder versuchte sie, mir ins Wort zu fallen. Ich lehnte diese Hineinplatzen, diese Zerstörung meines ausgeführten Gedanken, aber konsequent ab. Dadurch wurde sie natürlich nur noch wütender oder gerechter, wie sie es selbst glaubte. Wenn ich dann einmal ausgesprochen hatte, folgte die Belehrung auf dem Fuße. Es war für sie eine gut vernehmliche Befreiung, endlich diesem ihrem Belehrungszwang nachgeben zu können.

Während ich also mit ihr sprach, war sie die wütende. Die, die im Grunde nur zuhörte, um mir augenblicklich das Wort im Mund herumzudrehen. Sie hörte nur zu, um mir in ihrer zwanghaften Belehrung dann schamlos das genaue Gegenteil des Gesagten als das von mir Behauptete hinzustellen. Aus keinem anderen Antrieb heraus, als mir augenblicklich die Worte vollkommen im Mund herumzudrehen, ihnen also die genau entgegengesetzte Bedeutung zu geben, ließ sie mich ausreden. Da es ihr auch immer völlig egal war, was ich ihr zu sagen hatte, hatte sie an dem Vorgebrachten eigentlich gar kein Interesse, außer es unverzüglich gegen mich zu verwenden.

Da ich sie aber durchaus zwang, mir bis zum Ende zuzuhören, befasste sie sich dann beim Zuhören damit, wie sie meine Worte in ihre ohnehin von langer Hand vorbereitete wütende Belehrungsrede einbauen konnte. Sie gegen mich umdrehen würde. Das hatte ich mir durchaus mühsam erkämpft, dass sie sich irgendwann zurückhielt und ihren Belehrungstrieb aufschob, bis ich ausgeredet hatte.

Darunter, dass sie ihren Anfall nicht ausleben durfte, hat sie, glaube ich, tatsächlich sehr gelitten. Ihre vor Wut bebende Stimme hat das durchaus gezeigt, dass sie diesen Aufschub gar nicht ertragen konnte. Wenn sie mir also ins Wort platzte und zu ihrer fanatischen Rede einsetzte, die ja auch noch eine überaus geschauspielerte war, wartete ich kurz.
Ich ließ ihr dann ihre Sätze. Anfangs habe ich sie noch direkt unterbrochen. Sie darauf hingewiesen, dass mein Gedanke nicht ausgeführt war, sie sich also bitte gedulden möge. Daraufhin war sie dann auch zuverlässig völlig ausgerastet. Also ließ ich ihr ein oder zwei Sätze. Dann wischte ich ihre Sätze beiseite und führte meinen Bericht zu Ende. Währenddessen dachte sie offensichtlich an nichts anderes als daran, wie sie meine Ausführungen in ihre Belehrung einbauen könnte, von der sie zweifelsohne bereits lange vor unserem Telefonat überzeugt war, dass ich sie dringend benötigte.
Dabei war sie diejenige, die diese aus einem perversen, inneren Zwang durchführen musste. Während ich von dieser Belehrung in Wirklichkeit gar

nichts wissen wollte. Dabei hatte sie ihre ganze Rede wahrscheinlich meistens lange vor unserem Gespräch schon durch und durch geplant gehabt.

Sie hatte sich, dachte ich dann, intensiv darauf vorbereitet, wie sie ihre Stimme einsetzen würde und welche rhetorischen Knalleffekte sie setzen würde, wie sie also im Ringem um die Wahrheit mich endlich an die Wand klatschen und mir ihre Erzählweise aufdrücken würde.

Inhaltlich wirklich Neues hat sie selten vorgebracht, selbst wenn die Dinge sich mal wieder vollkommen anders entwickelt hatten als vorhergesehen. Ihr Interpretationsschema war von solchen Nebensächlichkeiten wie realen Ereignissen längst abgekoppelt.

Mich hat sie dabei stets nur als willigen Zuhörer in Betracht gezogen und gar nicht als jemanden, der ihr hier und da widersprechen könnte oder diese oder jene gemeine und vernichtende Frage stellen würde. Aber da ich mich weigerte, mich in die Rolle des bloßen Empfängers drängen zu lassen, habe ich ihr dann immerzu widersprochen und ihr meine

vernichtenden Fragen gestellt. Darüber ist sie regelmäßig in fassungslose Wut geraten und dann hat dann auch häufig, anstatt auf meine ihre Sichtweise sofort vernichtende Frage zu antworten, einfach aufgelegt.
Während ich ihre geschauspielerte Belehrung hörte, dachte ich, dass diese dahingeschauspielerte, fanatische Rede eine zwanghafte und wahnsinnige war, sonst nichts. Dass ihr Geisteszustand ein augenscheinlich bereits fortgeschritten zerrütteter und angegriffener war. Ihre Reden waren nicht nur die fanatischen, darüber hinaus auch noch die geschauspielerten. Die von langer Hand minutiös geplanten, also die widerlichen. Worum auch immer es ging. Sie war ja nie ernstlich bei der Sache, sondern nur an ihrem großen Auftritt interessiert. Alles andere war ihr dann auch egal.
Tatsächlich haben wir fast alle diese Gespräche über das Telefon geführt. Sie sagte dann mehrfach mit vor gespielter Verzweiflung erregter Stimme pathetisch flehend „Nein". Immer wieder sagte sie dieses „Nein", um dann dazu überzuleiten, dass ich „das alles ganz

falsch sehe". Immer wieder äußert sie mit dieser perversen Stimme diese perversen Sätze.

Erst war sie pervers Flehende, dann die verachtende Ironische. Sie hatte sich mit ihren beiden Schmarotzern immer wieder getroffen und über mich beratschlagt. Hat sich also mit diesen daran gemacht, ihre „therapeutischen Maßnahmen" zu planen.

Wir trafen uns sogar teilweise zu viert, damit die beiden an mir sozusagen eine therapeutische Intervention üben konnten. Bei diesen Gesprächen stellte sie mir dann die Bedingungen vor, unter denen ich wieder ganz normal meiner Arbeit würde nachgehen können. Diese formulierte sie mir gegenüber auch in direkten Gesprächen, benutzte dabei aber stets die „Wir-Form" und sprach von „meinen Freunden", mit denen sie sich gründlich darüber unterhalten und mit denen gemeinsam sie diese gegen mich gerichteten Maßnahmen beschlossen hätte. Ganz oft hat sie mir dann pathetisch gesagt, dass ich „meine Freunde hilflos" machen würde, wenn ich nur einen ganz normalen und wahren Satz sagte. Dieser Satz, ich würde „meine Freunde hilflos" machen, war ja der ekelhafteste, der ihr als Widerlegung meiner Aussagen einfiel. Während ich „meine Freunde hilflos" machte, wurde mir nie auch nur eine Frage ernsthaft beantwortet. Ich hätte ihr vermutlich sogar geglaubt, dass die Sache die oder jene war, wenn sie mich denn nur jemals ins Bild gesetzt hätte. Eine solche Auskunft aber war einfach nicht zu bekommen. In keiner mich betreffenden Angelegenheit habe ich dann jemals eine auch nur einigermaßen vollständige oder verständliche Erklärung erhalten, wie sich diese Sache denn aus ihrer Sicht darstellte.

Sie begnügte sich einfach damit, mir mitzuteilen, dass ich im Irrtum wäre. Aber wodurch ich den Irrtum denn ersetzen sollte, das blieb offen. Vermutlich sollte ich die ganze Sache einfach aus meinem Gedächtnis streichen, anstatt zu versuchen, sie zu verstehen. Es war für sie von vornherein klar, dass ich tatsächlich alles und jeden in ein absolut falsches Licht setzen würde, dass alles von mir Gedachte grundsätzlich falsch war. Vermutlich, weil es von mir gedacht und gesagt wurde und aus keinem anderen Grund.

Wenn ich sie auf von mir beobachtete und absolut reale, messbare Zusammenhänge hinwies, als ich ihr also durch das Telefon sagte, was eigentlich der Fall gewesen war, flehte sie schamlos in gespielter Verzweiflung, doch ihre, also die ihr zugeflüsterte Wahrheit anzunehmen. Es war tatsächlich absolut erbärmlich, wie sie mich dann davon überzeugen wollte, dass das von mir Beobachtete das Falsche sein musste, während die von ihnen ohne Weiteres geglaubte Geschichte die richtige sein musste. Was ich gesehen hatte und ihr als Gesehenes auch so schilderte, wie es sich vor meinen Augen zugetragen hatte, hat sie dann einfach bestritten. Ohne überhaupt auch nur in der Nähe gewesen zu sein.

Sie leugnete später sogar, dass wir uns zu viert in dem bestimmten Restaurant getroffen hatten. Sie behauptete sogar, dass ich mir dieses Treffen nur einbilden würde. Dass es ein solches Treffen in Wirklichkeit gar nie gegeben hätte. Dann wiederum, dass diese, wie ich sie nannte, gegen mich gerichteten konspirativen Gespräche, in denen sie dann mit meinen Freunden die notwendigen therapeutischen

Maßnahmen erarbeitet hatte, in Wirklichkeit nie stattgefunden hätten. Selbst davor ist sie nicht zurückgeschreckt. Mir erst die Ergebnisse dieser konspirativen Sitzungen mitzuteilen. ich zuerst zu einem therapeutischen Gespräch mit ihr und ihren beiden Wurmfortsätzen einzuladen. Zu dem ich ja dann tatsächlich sogar hin ging. Später dann zu behaupten, das alles habe nicht einmal stattgefunden. Anstatt also zu behaupten, was ja das Natürliche gewesen wäre, dass diese Gespräche gar keine konspirativen gewesen wären oder dass der Zweck dieser Gespräche gar nicht die Beschließung von gegen mich gerichteten therapeutischen Maßnahmen gewesen wäre.

Dann hat sie sich auch noch ganz offen darüber lustig gemacht, dass ich, wie sie meinte, mir diese Treffen ausgedacht hatte, um den so sehr um mich bemühten Menschen, die mir ja immer nur hatten helfen wollen, einen Vorwurf dafür zu machen, dass ich an der Schule gescheitert war, wo das doch schlicht und ergreifend meine Schuld gewesen wäre. Sie schreckte nicht einmal davor zurück, wenn sie sich mit jemanden über mich unterhielt, mir eine Kopie ihrer Konversation zuzusenden. Diese war dann begleitet von einem Schreiben in der dritten Person über mich. So wie sie in meiner Gegenwart ja in der dritten Person auch immerzu über mich redete. In dem konnte ich dann lesen, dass dieses Schreiben in Kopie an mich gehe, damit ich die armen Leute nicht auch noch verdächtigen würde, sich an irgendwelchen gegen mich gerichteten therapeutischen Maßnahmen zu beteiligen.

Wenn wir uns dann trafen, war sie ganz anders. Da konnte sie ja so nicht auftreten. Am Telefon und hinter einer Mail wähnte sie sich sicher. Aber wenn wir uns trafen, konnte sie diese Perversion nicht ausleben. Damit sie beherrscht bleiben konnte, musste sie dann eine ganz andere Situation erzeugen. So verliefen unsere Telefonate ja so, dass ich ihr irgendetwas berichtete, woraufhin sie dann ohne Weiteres ihrem Fanatismus freien Lauf lassen konnte. Saßen wir uns gegenüber, ließ sie mich deshalb gar nicht erst zu Wort kommen. Sie wusste, dass sie sich dann nicht mehr würde im Griff halten können. Dass sie mir möglicherweise am Ende tatsächlich an den Hemdkragen gehen würde.

Zuerst hatte ich naturgemäß auf ihre dann folgenden Monologe scharf geschossen. Diese bestanden aus einer einzigen Reihe von Belehrungen. Nie ohne den häufigen Hinweis, dass ich die Sache völlig falsch sehen würde. Sie behauptete einfach, dass die von ihr präsentierte Sichtweise auch die richtige sein müsse. Sie begründete diese allermeistens schon gar nicht mehr. Das empfand sie offenbar als überflüssig, auch noch Gründe oder Belege für die von ihr präsentierte und damit evidente Version eines Ereignisses zu geben, über das sie meistens nur ganz schlecht informiert war.

Während sie alle meine Einwände von Anfang an beseitigte, indem sie behauptete, dass dieser Einwand bereits hinreichend diskutiert und von ihr erfolgreich widerlegt worden wäre, hatten wir über diesen Einwand meistens in Wirklichkeit überhaupt noch nicht gesprochen hatten. Sie begegnete meinen Einwänden von Anfang an mit dem Hinweis, dass dieser Einwand ein falscher sei und sie keine Lust habe, sich erneut über diesen Einwand zu unterhalten. Mich erneut über die Falschheit dieses Einwandes aufzuklären. Während wir diesen Einwand in Wirklichkeit niemals besprochen hatten, da sie jeden solchen Einwand von Anfang an auf diese Weise beseitigte.

Sie hat alle meine Entgegnungen immer auf diese Weise vom Tisch gewischt. Anfangs habe ich mich damit keinesfalls abgefunden, sondern habe auf der Relevanz meines Einspruchs beharrt. Als wir uns das erste Mal auf diese Weise dann verkeilten, waren wir bei ihr in der Wohnung. Sie ging im Durchgang von Wohnzimmer zu Küche auf und ab. Ich stand im Flur und beobachtete das. Ich beharrte auf meiner Sichtweise und sie wiederholte nur immer und immer wieder ihre unsinnigen Sätze, die bereits damals nur darauf hinausliefen, mich zum Geisteskranken abzustempeln. Ich gab ihrer Behauptung aber nicht nach und beharrte darauf, dass sie sich mir gegenüber ganz schäbig verhalten hatte, indem sie diese therapeutischen Maßnahmen gegen mich beschlossen und umgesetzt hätte.

Ich erinnere mich noch, dass ich sie eine „Heuchlerin"

nannte, die im Grunde genau wisse, dass man mir nur eine faire Chance zu geben brauche und dass ich all diese Anforderungen ohnehin von ganz alleine erfüllen würde. Dass es insgesamt auch völlig überflüssig war, mich gegenüber irgendjemandem beweisen zu müssen.
Ich hatte mir in Wahrheit überhaupt nichts zu Schulden kommen lassen. Daher sah ich auch gar keine Notwendigkeit, mich irgendwie zu rehabilitieren. Sie sollte, sagte ich zu ihr, mir einfach meine Anstellung wiedergeben und mich nicht andauernd mit solchen Unsinnigkeiten konfrontieren. Dann werde sie schon sehen, dass ich meiner Arbeit ganz normal nachgehen würde. Sie stellte sich gänzlich auf den entgegengesetzten Standpunkt, dass ich ein offenbar ein Geisteskranker war, den man erst therapieren musste, bevor man ihn normal weiterleben lassen könnte. Ironischerweise hatte sie meine Internatsunterbringungen mit genau dem Argument durchgebracht, das ich ihr nun entgegenschmetterte. Das nun, da sie beteiligt war, jegliche Gültigkeit sofort verlor.

Damals hatte ich kein Interesse, ihr in dieser Frage nachzugeben. So lief ich vor der Tür hin und her, während sie von der Küche ins Wohnzimmer, vom Wohnzimmer in die Küche lief. So wurden wir immer lauter, zusehends hysterisch, bis wir uns dann irgendwann aus vollem Halse anschrien. Da verließ ich dann die Wohnung.

Danach dann, wenn sie mir eine solche Rede hielt, die ja offenbar nur noch eine schwachsinnige war, saß ich ihr schweigend gegenüber und hörte aufmerksam zu. Dann begann ich, ihr hemmungslos ins Wort zu fallen, um mich über das von ihr Gesagte schamlos lustig zu machen. Von da an persiflierte ich ihre geschilderte Sicht nur noch, indem ich das von ihr Gesagte nahm und mich über das von ihr entworfene, meistens naive und dumme Bild hermachte und sie insgesamt ganz offen zur Idiotin abstempelte. Gelegentlich auch so nannte. Es war meine Art, mich dafür zu rächen, dass ich sie sachlich nicht überzeugen konnte. Also weiterhin unter ihren mich betreffenden perversen Machtmissbräuchen zu leiden haben würde.

Dafür, dass ich sie nicht davon abbringen konnte, bestrafte ich sie, indem ich sie nur noch verhöhnte, mich über das von ihr Gesagte ganz offen lustig machte. Sie dagegen fasste meine ironische und ihr gegenüber ja nur noch herablassende Haltung im Gegenzug als Anlass auf, um ihre Missbrauchsstragien auszubauen.
Irgendwann habe ich auch darauf verzichtet. Es brachte mir ja nichts ein. Also ging ich dazu über, in unseren Gesprächen einfach über weite Strecken den Mund zu halten und zu warten, bis sie ihre perverse Zurechtweisung vorgenommen hatte. Ich trank dann einfach meinen Kaffee und beantwortete ihre Fragen mit ganz einfachen Sätzen. Wenn sie mir irgendein Zugeständnis abverlangte, zum Beispiel in Bezug auf meine berufliche Entwicklung oder auf meinen Studienverlauf, dann gab ich ihr dieses Zugeständnis einfach.
Gleichzeitig jedoch wurde es mir dadurch quasi unmöglich, das Zugestandene in die Tat umzusetzen. Selbst wenn es etwas war, was ich eigentlich selbst vorhatte. Ich hatte mir sogar für die Erfüllung dieser

Aufgaben ganz von selbst und aus eigenem Entschluss ein festes Datum gegeben, mir dieses Datum dafür freigehalten. Aber sobald sie diese Handlung dann als Zugeständnis von mir abverlangte, war es mir an diesem Tag dann vollkommen unmöglich, meinem eigenen Entschluss gemäß zu handeln. Ich entzog mich dann dieser Aufgabe einfach, weil sie die Erfüllung derselben von mir verlangt hatte.
Es gab natürlich auch so eine Reihe von Hindernissen bei meiner Abschlussarbeit. Von nicht funktionierenden Teilen über inkompetente und überforderte Betreuer bis hin zu zeitlichen Engpässen. Aber am Ende war sie es, die es mir auf diese Weise tatsächlich sogar jahrelang unmöglich gemacht hat, meine Abschlussarbeit zu schreiben, weil ich ihr diesen Triumph nicht gönnen konnte. Bis ich schließlich diese Abschlussarbeit als durch und durch verseucht abgetan und abgebrochen habe, um weit weg von ihr in einer anderen Arbeitsgruppe ein andere Abschlussarbeit anzufangen. Sie hatte ihre Giftzähne in diese Arbeit hineingeschlagen und da habe ich sie bis zuletzt nicht herausbekommen. Bei jeder unserer

Begegnungen hat sie mich solange bedrängt, bis ich ihr einen Zeitplan vorgelegt habe, nach welchem ich diese Arbeit beenden würde, an den ich mich dann zu halten vollkommen außer Stande sah.
Es war mir absolut unmöglich, denke ich. Habe ich ein Buch aufgemacht, um für diese Arbeit etwas zu recherchieren, ist mir sofort schwindelig geworden, ist mir augenblicklich zum Erbrechen schlecht gewesen. Dieser Gedanke, dass ich dieses Buch nicht meinetwegen aufmache, sondern ihretwegen, dass ich also gerade vollständig verlor, war nicht wegzukriegen.

Die Vorstellung, dass ich mich letztlich damit doch ihrem perversen Zweck, zu dem sie mich erschaffen hatte, unterwerfen würde, wenn ich nun diese Arbeit konsequent anfertigen würde, war unausrottbar. Das steigerte sich schließlich bis zu dem Punkt, an dem ich zu der Überzeugung gelangte, dass ich diese Arbeit niemals würde fertigstellen können. Dass diese Arbeit vollends vergiftet war. Dass ich mir an dieser Arbeit eine schreckliche Krankheit einfangen würde. Dann habe ich diese Arbeit endlich weggeworfen und eine neue angefangen, die mir dann auch ganz unproblematisch und mit Bravour geglückt ist.

Seine Annahme, dass er mir gegenüber ohne Weiteres gestehen könne, dass er die Sache für eine Missbrauchsgeschichte gehalten hatte, war durchaus eine berechtigte. Ob nun mit Zeugen oder ohne Zeugen, das spielte gar keine Rolle. Also gestand er freimütig, dass er mich einzig und allein deshalb hinauswarf, weil er geglaubt hatte, ich sei ein Sexualstraftäter.
Für ihn würde daraus ja nichts folgen. Es würde keine Konsequenzen haben. Also braucht er auch keine zu befürchten. Er wähnte sich völlig zurecht in Sicherheit, was das betraf. Schon lange war ich für die Alte ja nur noch ein Geisteskranker, ein Gestörter. Manchmal aber auch ein Lügner. Das diente ihr als Legitimation, um mich immerfort auf eine perverse Weise zu bemuttern, indem sie sich in allem und jedem als für mich zuständig auswies.
Sie wurde ja auch als diese Zuständige dankend angenommen, gerade von ihren beiden Anhängseln,

die mich auf diese Weise ganz bequem loszuwerden hofften, dabei sich aber gleichzeitig in der Gunst der Alten ganz weit nach oben befördern wollten. Sie bestätigten sie immerfort in ihren Auffassungen. Sie lieferten ihr die Munition für meine permanente Entmündigung.

Diese Entmündigung kannte auch keine Grenzen. Als meine Schlafcouch nach zehn Jahren den Geist aufgab und nicht mehr benutzbar war, brauchte ich dringend ein Bett. Sie meldete sich bei mir und wollte mir über meine Stipendiumsgeber eines beschaffen. Ich war davon absolut begeistert.

Da mein Zimmer L-förmig zugeschnitten war suchte ich passende Modelle für die circa eineinhalb Meter breite Nische. Dabei hatte ich eine ganz kosteneffiziente Methode vor Augen, bei der das Bettgestell einfach nur einen Rost vom Boden fernhalten und selbst auf dem Boden aufliegen sollte. In heller Vorfreude, nicht mehr auf einer für mich zu kurzen Ledercouch schlafen zu müssen, habe ich ihr diesen Entwurf dann präsentiert.

Sie hat ihn dann aber ohne Duldung der geringsten

Widerrede abgelehnt und mir scharf versichert, dass ich unbedingt ein Einzelbett bekommen würde und sonst nichts. Peinlich berührt habe ich dann dazu geschwiegen und das Thema nicht wieder aufgegriffen. Folglich dann monatelang auf der Couch geschlafen. Diese andauernde Entmündigung, diese ständige Bevormundung deklarierte sie sogar zur Notwendigkeit. Erst musste ich mich sozusagen ihr vollständig unterwerfen, dann würde sie mich am Ende als fertigen Menschen akzeptieren. Erst hatte ich so und so zu sein, dies und jenes zu zeigen, womit vor allem Unterwürfigkeit gemeint war. Dann würde sie mich als Menschen respektieren. In dieser Unterwerfungssucht spielten ihr die beiden immer in die Hände, indem sie ihr also immer wieder meine hoffnungslose Unzulänglichkeit vorführten. Diese nahm sie dann zum Anlass, um die Beseitigung dieser Mängel meiner Person von mir einzufordern und ihr dazu auch noch als Beweis eine perverse Selbstbezichtigungsgeste vorzulegen.
Sie sah sich immerzu in der Rolle meiner Aufsichtsperson. Sie dachte, sie wäre die liebende

Mutter. Ich der geisteskranke Sohn, den man auf eine perverse Weise zusammenschlagen müsste, bis er diese unabwendbare Realität akzeptieren würde. Ihre Mutterprojektion ging so weit, dass sie mir ganz offen anbot, mit mir dasselbe Verhältnis einzugehen wie zu ihren tatsächlich viel älteren Söhnen.

Ihr Angebot also an mich war, dass sie mir alles sagen dürfe, ich davon zwar nichts umsetzen müsse. Dabei aber auf jeden Fall mein Maul zu halten hatte. Das war ja gänzlich undenkbar, dass ich mich in dieses durch und durch perverse Verhältnis zu ihr gestellt hätte. Also schwieg ich auf ihren liebenswürdigen Vorschlag stets nur und blickte sie voller Abscheu an. Dieses Angebot war ja nicht nur ein perverses, sondern auch ein falsches, ein durch und durch verlogenes. Nichts Geringeres als eine reine und perverse Lüge. Sie ließ ja in Wirklichkeit nichts unversucht, um mich in die von ihr gewünschte Richtung zu *zwingen*. Wenn ich dann in eine andere Richtung strebte, dann legte sie die Hebel um, dann war ich auf einmal wieder ohne Arbeit oder ohne Stipendium oder beides.

Ich wollte nie ihr Sohn sein. Das hat sie bis heute nicht verstanden. Das wollte ich einfach nicht. Ich konnte sie einfach gut leiden, aber sie musste aus dieser Sympathie eine perverse Mutter-Sohn-Beziehung machen, in die ich dann auch hineingeraten bin.
Tatsächlich muss ich sagen, dass ich mich bereits viel früher endgültig von ihr hätte lossagen müssen. Diese Feigheit muss ich mir vorwerfen. Aber ich war ja wirklich zu schwach gewesen, mich dieser Situation einfach konsequent zu entziehen.
Um diese ihre Illusion der ihren geisteskranken Sohn mit milder Gewalt auf den richtigen Weg helfenden Mutter zu erhalten, hat sie ihre Umgebung nicht nur permanent angelogen, sondern auch dreist die Realität gefälscht. Für sie war ich ein Geisteskranker. Manchmal auch ein Lügner. Sie brauchte sich das nicht einzureden. Sie sah es wirklich so! Von dieser Realitätsauffassung war sie nicht abzubringen.
Wenn ich ihr etwas berichtete, was sich so oder so zugetragen hatte, dann witterte sie in meinem Bericht, der ja einfach der ehrliche war, sofort den Versuch, meine eigene Rolle als geisteskranker Pflegefall zu

leugnen. Woraufhin sie sofort ihren perversen Belehrungsprügel auspackte und hemmungslos damit auf mich einschlug. In solchen Situationen habe ich sie oft schon beinahe wirklich angefleht, sich doch bitte zuerst wenigstens einmal darüber zu informieren, was wirklich vorgefallen war, bevor sie dann mit ihrem perversen Prügel auf mich einschlagen würde.
Natürlich hat sie auch mich überhaupt nur gefragt, wenn es eine *zuverlässige* Gegenpartei gab. Diese Gegenpartei fragte sie dann tatsächlich, aber nur um sich ihre Rechtfertigung zu holen. Um mich über die Realität zu belehren, mir die Wahrheit einzuhämmern. Ich habe sie dann oft dazu aufgefordert, doch einmal den oder den zu fragen, der ja tatsächlich dabei gewesen war, wenn eine solche Gegenpartei sich mal wieder in der für mich vernichtenden Weise geäußert hatte. Jemand der es also hätte wissen müssen, der ihr also hätte erklären können, dass mein ganz und gar ehrlicher Bericht tatsächlich der ehrliche gewesen war.
Aber um die Informationen selbst ging es ihr ja gar nicht, wenn sie meine Gegenpartei fragte. Sie suchte

ja in Wirklichkeit nur einen Vorwand, um mir dann eine Realitätsbelehrung zu verpassen. Es ging ihr nicht darum, ob das ihr Erzählte auch stimmte, sondern tatsächlich und wirklich nur noch darum, einen Vorwand zu haben, um mir bei nächster Gelegenheit den rechten Weg zu weisen.

Neutrale Zeugen, die sie also über die Richtigkeit oder Falschheit meines Berichts hätten aufklären können, wurden deshalb schon aus Prinzip nicht gefragt. Sie hätten sie ja durch ihr Zeugnis davon abhalten können, eine ihrer perversen Belehrungen an mir vornehmen zu müssen. Sie hat es ja gar nicht zulassen können, dass ich einmal in einer Sache nicht der Geistesgestörte, der Wahrnehmungsgestörte war, weil das für sie bedeutet hätte, dass ich mich sozusagen auf dem Weg der Besserung, also auf dem Weg weg von ihr war, was sie gar nicht zulassen konnte. Idealerweise würde ich für den Rest ihres Lebens der Geistesgestörte bleiben, so dass sie sich in diesem für sie optimalen Verhältnis weiterhin voll würde ausleben können.

Ich stand diesem Wahnsinn tatsächlich völlig hilflos gegenüber, er war für mich absolut undenkbar, unvorstellbar. So habe ich natürlich immerzu versucht, sie vom Gegenteil zu überzeugen, sie dann anzugreifen, schließlich zu isolieren. Es gab einfach keine Möglichkeit. Ihr Phantasiegebilde war zu perfekt gegen jegliche Zerstörungsversuche durch mich abgeschirmt. Das hatte ich bereits sehr früh erkannt. Also ging ich irgendwann dazu über, alle meine Freunde, alle unsere gemeinsamen Freunde und für jeden Vorfall alle Zeugen dazu anzustiften, sich mit ihr in Verbindung zu setzen, damit diese Leute einmal ein vernünftiges Gespräch mit ihr führen würden. Aber sie ließ sie einfach alle gnadenlos auflaufen. Alle diese Leute prallten von ihr schlicht und ergreifend ab. Sie erklärte ihnen einfach freundlich, dass sie mit ihnen darüber nicht reden werde. Oder sie fing an, eine unglaubliche Geschichte zu erzählen, die dann teilweise sogar noch geglaubt wurde. Zumindest wurde dieser ihrer ungeheuerlichen Version der Geschichte intuitiv ein gewisses Recht zugesprochen. Günstigenfalls resignierten die Leute an ihr.

Schlechtestenfalls glaubten sie ihr am Ende sogar noch. Darin war sie eine absolute Meisterin. Sie war wirklich groß darin, anderen die unglaublichsten Dinge einzureden. Auf eine unheimliche Weise brachte sie die Leute innerhalb weniger Minuten dazu, fest geglaubte Grundsätze fallen zu lassen und auf einmal das glatte Gegenteil zu glauben. Sie war nicht nur unschlagbar darin, sich selbst zu belügen, wie ich denke, sondern sie hatte auch den größten Erfolg darin, andere Leute einzuwickeln und irritiert, tatsächlich voller Selbstzweifel, zurückzulassen.

Welcher dieser Zeugen oder Freunde hätten schon genügend Standfestigkeit und Durchsetzungsvermögen besessen, um sie in dieser Lügenmalerei zu ertappen und zu stellen, fragte ich mich. Es war ja keiner dieser Leute dazu in der Lage, diesem Irrsinn und dieser Großmeisterin des Schwachsinns in ihrem eigenen Garten die Stirn zu bieten. Es war einfach unmöglich.

Immerzu spielte sie die besorgte und verzweifelte Mutter, die ihren geisteskranken Sohn vor sich selbst schützen müsste. Immerzu verkaufte sie ihre

Vernichtungsmaßnahmen als therapeutische Maßnahmen. Dabei war doch der Zweck dieser Maßnahmen nichts Geringeres, als mich ganz und gar auszulöschen, mich letztlich in diese Rolle des geisteskranken Pflegefalls zu zwingen, in der sie mich auf ein Leben festsetzen wollte. Dazu musste sie, so dachte sie, nur immer weiter die Realität nicht zur Kenntnis nehmen. Dann würde sich ihre Version der Realität irgendwann durchsetzen, sozusagen der von ihr bei mir gewünschte Geisteszustand sich dann auch irgendwann einstellen, wenn sie nur einfach weiterhin so verfahren würde.

Ihre dem entsprechende Realitätsverweigerung war einfach grenzenlos. Sie weigerte sich. Sie sagte das auch ganz einfach. Sie sagte ganz oft Sätze der Form „Ich sehe das so" und um die Endgültigkeit dieses Satzes zu unterstreichen, den ich eben noch kritisiert hatte, setzte sie hinter diesen Satz nicht einfach nur einen Punkt, sondern sie sagte zur Bekräftigung: „Punkt.". Um klarzustellen, dass ihre Auffassung die unumstößliche, die unkorrigierbare war. „Der Himmel ist grün. Punkt." Das war es dann für sie.

Ihre auf diese Weise formulierte endgültige Weigerung, anzuerkennen, dass zwei plus zwei vier ergibt, hatte ein Ausmaß unendlicher Perversion erreicht. Diese Renitenz übersteige, so hatte ich mich öfter geäußert, das für einen Menschen wie mich erträgliche Ausmaß. Ich bin an dieser ihrer Realitätsverweigerung ganz einfach verzweifelt. Völlig verzweifelt.
Ich habe alle Register gezogen, um sie dazu zu bringen, sich wenigstens in einer fairen Weise mit mir zu unterhalten. Das war ihr aber völlig unmöglich. An dieser Verweigerung bin ich fast tatsächlich verrückt, am Ende sogar beinahe körperlich krank geworden. Ich bin dann, wie ich dachte, ganz oft nur um Haaresbreite meiner völligen Verzweiflung entkommen. Nur gerade so habe ich dann noch die Kurve gekriegt, indem ich mich selbst mit verschiedenen Maßnahmen dagegen schützte. Die radikalste darunter bestand darin, eine Flasche Whiskey komplett leer zu saufen und mir diese Sachen immer und immer wieder schonungslos vorzulegen, sie geistig zu zerlegen und mich mit mir zu unterhalten, wozu ich mir dann zwei Personen hinzuerfand, mit

denen ich dann einen umfänglichen Dialog führte. Auf diese Weise habe ich mich dann tatsächlich relativ oft, nicht sehr oft, aber doch häufiger als gesund, selbst vor meiner vollständigen Deprivation gerettet.
Sie verursachte nicht nur eine geistige, am Ende auch noch eine körperliche Übelkeit, wenn ich mit ihr sprach. Das glaubt mir am Ende doch keiner, dachte ich. Diese perverse Haltung in Worte zu packen ist ja fast unmöglich. Wenn ich sie sprach oder traf oder mit ihr Mails schrieb, dann traf ich immer auf diese perverse Haltung. Diese perverse Haltung war die für sie originäre, sie war ihre eigentliche, aber zugleich glaubte ich mir selbst nicht, was ich ja wusste. Ich dachte, ich würde mich über diese perverse Haltung täuschen, ihr meine Perspektive auf ihre Haltung aufzwingen, während in Wirklichkeit ich der Perverse war.
Sogar darüber habe ich nachgedacht, ob am Ende nicht ich der Perverse war, ihre perverse Haltung nur eine ganz normale Haltung.
Diese Selbstzweifel haben mich ja in Wirklichkeit nur verfolgt, weil ich einen Weg suchte, diese perverse

Haltung irgendwie zu verändern. Oder mir wenigstens plausibel zu machen. Also zog ich sogar in Betracht, dass ich tatsächlich dieser Irre war, als den sie mich hinstellte. So zog ich es ernsthaft in Betracht, dass ich tatsächlich dieser Gestörte war, während ich langsam aber sicher den Verstand zu verlieren drohte. Diese Selbstzweifel haben mich dann wirklich auch um ein Haar um meine Gesundheit gebracht.

Ich verstand nicht, wieso sie auf diese Weise mit mir umgesprungen war. Dafür gab es keinen für mich nachvollziehbaren Grund. Alles in Frage Kommende habe ich mir intensiv vorgelegt:

Ich ging meine Beziehung zu meiner Freundin immer wieder durch, da ich irgendwann glaubte, dass die Alte mich vorsätzlich bestrafen wollte, weil ich ihrer Auffassung nach irgendetwas verbrochen hatte. So lief ich diese Beziehung in Gedanken immer und immer wieder ab, um herauszufinden, was sie mir vorzuwerfen hatte. Aber ich fand nichts. Alle meine Handlungen ging ich immer und immer und immer wieder durch, um herauszufinden, was denn nun der Grund für diese grausame Misshandlung gewesen war.

Aber ich konnte keinen finden. Wenn dann wieder irgendetwas vorfiel und sie mich also wieder mit ihrem Belehrungsprügel durchwalkte, habe ich mich im Anschluss sogar tatsächlich gefragt, ob ich nicht wirklich dieser Geisteskranke war, der die ganze Sache einfach völlig falsch gesehen hatte.
Ich fragte mich das ernsthaft, so weit hatte ihre perverse Misshandlung mich getrieben, dass ich ganz und gar damit beschäftigt war, daran zu glauben, dass ich wirklich dieser Geisteskranke war. Ich fragte mich dann eingehend, ob ich das, was ich gesehen hatte, wirklich gesehen hatte, oder ob ich das Gesehene nicht völlig falsch interpretiert hatte. In Wirklichkeit jedoch wusste ich ja, dass sie die Realität fälschte. Dass sie sozusagen alles daran setzte, um nur gegen mich eingestellt zu sein. Ich hätte ja überhaupt nichts unternehmen können. Sie wäre immer noch die gegen mich Eingestellte gewesen. Dagegen konnte ich nicht das Geringste unternehmen.
Dieses Gedankendenken hätte mich beinahe völlig vernichtet. Es hat mich vollständig gelähmt. Ich konnte keinen klaren Gedanken fassen, also konnte

ich auch nichts unternehmen, außer mich immer weiter zu wehren und gleichzeitig zu fragen, ob nicht tatsächlich ich der Geisteskranke war, ober ob sie es war, aber doch viel eher ich. An einem Punkt schien es mir sogar viel wahrscheinlicher, dass ich dieser Geisteskranke war.

Beinahe wäre ich an diesem Punkt aus den Schuhen gekommen, und zu einem brabbelnden Irren geworden, wenn ich mich nicht rechtzeitig unter die Dusche gerettet hätte. Tatsächlich hat mich die Dusche, wie ich denke, oftmals davor bewahrt, tatsächlich einen endgültigen geistigen Zusammenbruch zu erleiden, ihrem Druck endlich nachzugeben. An besonders schlimmen Tagen stehe ich dann so ein halbes Dutzend Mal unter der Dusche, um nicht den Verstand zu verlieren, rettete ich mich unter die Dusche. Erst ganz selten dann auch einmal in meine Whiskey- oder Marihuanakur, später immer häufiger.

Ihre groteske Reaitätsverweigerung äußerte sich irgendwann nur noch als groteske Misshandlung, als eine perverse nicht enden wollende Bestrafung. Ich kann das gar nicht einmal richtig denken. Meine Gedankengänge sind zu schwach. Ich kann mir ihre Haltung gar nicht einmal richtig vorstellen. Ich kann mich in diese nicht hineinversetzen. Es ist mir völlig unmöglich, das infame Maß ihrer Perversität zu begreifen. Ich halte es sogar für einen gewissen Grad für unplausibel, weil ich mir einen solchen perversen Menschen mit seiner solchen perversen Haltung ja gar nicht anders vorstellen kann als einen Menschen, der sich permanent nur irrt. Aber doch nicht als einen, der sich andauernd selbst belügt, um seinen Perversionen eine Rechtfertigung zu verpassen.

Wenn ich nur daran denke, wird mir speiübel. Meine Gedanken verfinstern sich. Alles an mir versucht, sozusagen die Vorhänge zuzuziehen, nur um diese groteske und absurde, infame und idiotische Misshandlungstatsache nicht mehr denken zu müssen. Diese jedes Maß übersteigende Infamie nicht mehr vor dem geistigen Auge zu haben. Ich konnte mir einen solchen perversen Menschen im Grunde immer nur als jemanden denken, der nur die anderen immerzu belügt, aber ja doch irgendwo noch weiß, dass die

Realität anders ist. So kam mir ihre perverse Haltung immer wie eine groteske Bösartigkeit vor. Auf eine andere, also möglicherweise realistischere Weise konnte ich mir das nicht einmal vorstellen. Dazu fehlte es mir einfach an Phantasie.
Jetzt hatte ich den Beweis, hatte das entscheidende Experiment durchgeführt, und mir war unmittelbar bewusst, dass sie auch diesen nicht würde gelten lassen. Sie würde mich auch daraufhin in der üblichen Weise einfach beschimpfen. Vor mir sitzt er. Er erzählt mir beinahe hochmütig, dass ich all die Jahre zu Recht angenommen hatte, dass ich, wie ich es selbst zeitweilig geglaubt hatte, gar nicht dieser Irre war, für den sogar ich mich zwischendurch gehalten hatte. Zwischenzeitlich hatte ich mich sogar auf verschiedene Weisen selbst auf meinen Irrsinn hin getestet, nur um zu überprüfen, ob diese ihre für mich ganz und gar unvorstellbare Perversität nicht sozusagen doch ein Produkt meiner mit mir durchgehenden Phantasie gewesen war. Ich begann sogar, mich zu fragen, ob ich nicht sozusagen mehrere unabhängige Persönlichkeiten hatte, von denen einige irrsinnig

waren. Von deren Handlungen ich einfach nichts mitbekam. Um dies zu überprüfen habe ich mich dann regelmäßig vor den Spiegel gestellt und habe meinen Tag vor mich hin dekliniert, ob ich mich auch an alles erinnerte. Heute, gestern, vor einer Woche, vor drei Jahren ...

So stand ich vor dem Spiegel und fragte mich, was ich gestern zu Mittag gegessen hatte. Wo ich vor drei Tagen um 10 Uhr gewesen war. Mit wem auf der Arbeit ich mich unterhalten hatte. Und so fort. So testete ich mich selbst immerzu auf den mir unterstellten Wahnsinn. Ich ging dazu sogar einmal in die psychiatrische Anstalt.

Einzig zu diesem Zweck, mich auf meine Wahnhaftigkeit hin untersuchen zu lassen, habe ich mir eine ordentliche Dosis Valium besorgt und im Anschluss die Polizei gerufen. So verbrachte ich die Nacht in der psychiatrischen Anstalt, wo ich dann begutachtet wurde. Wo man aber bis auf eine Überdosis Valium und eine gehörige Depression nichts finden konnte.

Die Alte besuchte mich am nächsten Abend sogar. Wir

saßen uns gegenüber. Da hat sie mir ironisch dazu gratuliert, dass ich es ja nun geschafft hätte, sie dazu zu bringen, sozusagen zu zwingen, sich mit mir unmittelbar zu befassen. Als hätte der Zweck dieser meiner Aktion darin bestanden, mit ihr ein Gespräch zu führen. Ich wusste auch, wo sie mir plötzlich gegenüber saß, gar nicht, worüber ich mit ihr reden sollte. Ich wollte nicht mit ihr sprechen, weil sie dann nur wieder diese perverse Haltung eingenommen hätte. Der ganze Zweck ihres Besuchs bestand tatsächlich nur darin, mich ironisch runterzuputzen. Das war alles.

Zum Glück blieb sie nicht lange. Weil die Angestellten der Einrichtung diese Perverse auch noch zu mir durchgelassen hatten, anstatt sie von mir fernzuhalten, habe ich gedacht, ich müsse diese psychiatrische Anstalt unverzüglich verlassen. Also habe ich kurz nachdem sie gegangen war, ganz offen damit gedroht, im Falle der Weigerung, mich gehen zu lassen, ohne Weiteres auf alles einzuschlagen, was sich bewegt. Daraufhin wurde mir freundlich versichert, dass sich ein Psychiater mal mit mir

unterhalten würde. Es kam dann auch eine Psychiaterin, die mich auch ohne weitere Umstände, nach einem vernünftigen Gespräch, entließ.
Da war das Geständnis. Aber wir beide wussten, dass es nun zu spät war. Ich denke, wir befanden uns beide damit in einem fundamentalen Irrtum. Wir beide konnten uns den Grund ihrer Schwachsinnigkeit gar nicht ausmalen, nicht einmal vorstellen, wie wir so da saßen. Wir glaubten wohl beide, dass sie nach Jahren des Fehlgehens so sehr in dieses Fehlgehen verstrickt war, dass ihr eine Umkehr gar nicht mehr möglich war. Dass sie also zwischen sich und der Realität, also der, wie sie eigentlich war, eine Mauer aufgezogen hatte. Sie hatte sich in ihrer Welt eingerichtet, diese gegen die Realität einfach weggesperrt. So kam keiner aus diesem Gefängnis hinaus. Es war von vornherein ausgeschlossen, dass man sich in irgendeine Richtung entwickelte, ohne dass sie die Fäden zog, einen in diese oder jene, jedenfalls die von ihr gewünschte Richtung zog. Ging man dann in eine andere Richtung, so setzte sie Gewalt ein. Nicht nur bei mir, sondern auch bei anderen.

Sie konnte aus dieser ihrer Vernichtung ja gar nicht hinaus. Diese Vernichtung war für sie sozusagen die Rettung. Während sie die Leute in Wirklichkeit einfach zertrampelte, dachte sie stets, dass die so Vernichteten zu ihrem Glück gezwungen werden mussten. Natürlich von ihr. Sie war die einzig Kompetente. Dafür ging sie ohne Weiteres auch über Leichen.

So viel erscheint wenigstens plausibel, dass sie zu keinem Zeitpunkt eingestehen konnte, dass sie sich im Irrtum befand. Es gab diese Irrtümer, es gab auch in den für sie nicht relevanten Angelegenheiten dieses Zugeständnis. Sie hat mir gegenüber sogar ein paar wenige Male zugestanden, dass sie sich geirrt hatte, während ich von Anfang an richtig gelegen hatte. Ganz selten hat sie mir das einmal zugestanden. Natürlich nur in für sie ganz belanglosen Angelegenheiten.

Ich glaube, ich habe noch nie einen Menschen so zerknirscht und verbittert gesehen, der sich selbst einen Irrtum eingestand. Sie lebte tatsächlich in einer Welt, in der sie schon lange prinzipiell der

Überzeugung war, sich gar nicht irren zu können. Ihre mir gegenüber eingestandenen Irrtümer - ich kannte sie ja nun schon über zehn Jahre und hatte mehrere hundert Stunden mit ihr gesprochen. Unsere Gespräche dauerten ja immer mindestens vier Stunden und bis zu neun Stunden - , ließen sich in dieser Zeit problemlos an einer Hand abzählen.
So ging ich trotzdem davon aus, dass ich sie in unserer Angelegenheit nur überzeugen müsse. Es erschien plausibel, dass das mit der Zeit schwerer werden würde. Dass sie all dies vorsätzlich betrieb, also die Realität vorsätzlich fälschte, weil das ihrem perversen Charakter durchaus entsprach, hatte ich einfach nicht für realistisch gehalten.
Ironisch fragte er mich, ob er sich für seinen Fehler auch noch bei mir entschuldigen solle. Hatte er die Alte nun angelogen oder hatte sie ihn nicht einmal gefragt, wo ich war und warum ich nicht mehr zur Arbeit erscheinen würde, fragte ich mich. Es wäre ja ganz einfach gewesen ihr weis zumachen, dass ich meinem unzuverlässigen Charakter entsprechend, erneut kurzfristig und grundlos einfach weggegangen

wäre.

Da es dort absolut üblich war, so über mich zu reden, hielt ich das für das Plausibelste. Ich nahm also an, dass sie glaubte, ich sei entweder grundlos oder schuldhaft von ganz alleine weggegangen. Aber das ist reine Spekulation. Schließlich hat mich niemand gefragt, weshalb ich denn urplötzlich, von einem Moment auf den anderen, nicht mehr aufkreuzte. Darüber war ich eigentlich auch nicht unglücklich, da ich es völlig leid war, wenn ich wahrheitsgemäß antworte, mir anhören zu müssen, ich sei ein Geisteskranker, der die Wahrheit entweder nicht kannte, oder ein Lügner, der mit der Wahrheit nicht heraus wollte. Ich wollte mir nicht schon wieder anhören, dass die über mich verbreitete Lüge in Wirklichkeit die Wahrheit, diese Lüge die *unumstößliche* Wahrheit war, nur weil ihr die Wahrheit so unannehmbar erschien, dass sie zwangsläufig eine Lüge sein musste.

Ihr ganzes Lügengebäude gründete in dem Satz, dass niemand jemals geglaubt habe, ich sei meiner Freundin gegenüber *übergriffig* gewesen. Diesen Satz

hatte ihr keiner gesagt. Das war alles. Natürlich hatte ihr das keiner mitgeteilt, um sie nicht zu beunruhigen. Daraus folgte für sie augenblicklich, dass tatsächlich keiner diesen Gedanken gedacht hatte. Dass also keiner daran glaubte, dass diese ganze Geschichte mit meiner Freundin nicht von Anfang an eine zutiefst unanständige Angelegenheit gewesen war. Es waren ja alle immer ehrlich und hatten mir gegenüber ja stets die allerbesten Absichten, wie sie mich belehrte.
Ich dagegen war der prinzipiell Verlogene, was sie mir durchaus signalisierte. Wenn nicht verlogen, so doch geisteskrank, wie sie dachte. Meine in aller Regel auf gründliche Beobachtung der Beteiligten gestützte Deutung die prinzipiell wahnhafte. Der Umgang mit mir war der allergewogenste, wie sie aus Berichten wusste, natürlich demgemäß mein Umgang mit den Leuten der allerungerechteste, wie sie es mir immerfort unterstellte.
Sie nahm beständig an, meine Wahrnehmung in diesen Fragen – so wie eigentlich in allen Fragen - korrigieren zu müssen. Mich darüber auch noch zu belehren, wie sich das Ganze abgespielt haben

musste. Während ich dabei war, also genau wusste, wie das Ganze sich abgespielt hatte, es sozusagen aus erster Hand hatte, war sie meistens nicht einmal in der Nähe. Dennoch wusste sie genau und mit großer Bestimmtheit, dass meine Erzählweise die falsche und verlogene war, die sie nun korrigieren musste.

Sie glaubte tatsächlich, dass sie sozusagen ein natürliches Recht darauf besaß, meine wahnhafte Realitätsverweigerung korrigieren zu müssen. Dazu fühlte sie sich berechtigt. Vermutlich sogar verpflichtet. Wahrscheinlich dachte sie tatsächlich, dass diese permanente Korrektur meiner Geisteshaltung ihre mütterliche Pflicht wäre. Neben der Korrektur meiner Geisteshaltung auch noch die Berichtigung meiner Lebensweise. Weil sie sich dazu verpflichtet sah, hatte sie auch nie aufgehört, sich stets in meine Angelegenheiten einzumischen. Nachdem ich ihr die Tür vor der Nase zugeschlagen hatte, also ihre erzieherischen Maßnahmen bei mir nur noch auf Ablehnung stießen, hat sie schamlos alle meine uns beiden bekannten Freunde kontaktiert.

Sofort ist sie zu allen hingegangen und hat absolut schamlos behauptet, dass es jetzt darum ginge, dass ich mich von *ihr* ablösen müsse. Als ich ihr immer nur noch ins Gesicht schlug, wenn sie mich mit ihrem infamen Kontrollanspruch konfrontierte, rannte sie los, um allen einzutrichtern, dass ich ein ganz schwerer Fall wäre, der sich einfach nicht von ihr losmachen könne. So wollte sie dann mit diesen Leuten darüber beratschlagen, wie sie es gemeinsam dahin bringen könnten, welche therapeutischen Maßnahmen nun gegen mich zu ergreifen wären. In der Planung dieser gegen mich gerichteten Maßnahmen blühte sie voll auf.

Es war ihr unheimlich wichtig, das alles zu organisieren, zu inszenieren, also nahm sie, was diese meine Befreiung von ihr anging, ganz einfach das Heft in die Hand und schrieb den Leuten, die für sie empfänglich waren, ein perverses Befreiungsdrehbuch, nach welchem sie zu spielen hätten, während sie Regie führte.

So ist sie auf die Suche nach Schaustellern für dieses Ablösungstheater gegangen und ist damit bei ihren beiden Nachfolgern auch sofort auf offene Türen gestoßen. Aber nicht nur bei diesen. Wer von ihr ohnehin auf irgendeine Weise abhängig war - und wer an der Schule wäre das nicht gewesen! - , wurde natürlich ebenfalls von ihr dazu verdonnert, sich an dieser überaus lächerlichen Aufführung zu beteiligen. So rannte sie beständig in unserem Bekanntenkreis herum und verpflichtete die Leute dazu, sich in einem fort lächerlich zu machen.

Nun sollte ich mich gemäß ihrer Anleitung, ganz vorschriftsmäßig, von ihr ablösen. Um mich von ihr zu befreien, dachte sie, dass ich mich an ihre hierfür verbreitete Anleitung, an ihren Ablösungsbefehl, halten müsse. Dieses Treiben beobachtete ich, es entging mir ja nicht. Dabei wusste ich nicht genau, welche Rolle sie mir in diesem perfiden Stück zugedacht hatte, aber ich konnte mir das durchaus lebhaft vorstellen.

Wahrscheinlich dachte sie sich das ungefähr so, dass ich zu Hause säße und die ganze Zeit darüber nachdachte, wie ich sie, die Widerstrebende, die Eiserne, dazu bringen könnte, mein Leben für mich in

die Hand zu nehmen. Wahrscheinlich musste ich am Ende in einer Art Katharsis zu der Einsicht gelangen, dass ich nun auf mich allein gestellt wäre, dass ich die führende mütterliche Hand endlich lassen, woraufhin ich dann in Tränen ausbrechen und mich pathetisch endgültig von ihr verabschieden müsste.
Das wäre ja durchaus nach ihrem Geschmack gewesen, dachte ich. Dann hätte ich mich weinend von ihrem Rockzipfel entfernt, mir die Augen gewischt, sie auf die Wange geküsst und wäre endgültig zur Tür hinaus. Ich hätte es auf einen Versuch ankommen lassen sollen, vielleicht wäre das der Ausweg gewesen. Aber dieser Ausweg war mir versperrt, da er meine vollständige Selbstaufgabe bedeutet hätte.
Während sie also tatsächlich einen sehr großen Aufwand betrieb, um die Leute in dieser Weise gegen mich zu motivieren, also diese, wie sie dachte und das Ganze perverser Weise mir gegenüber auch nannte, Ablösung emsig betrieb, unternahm ich tatsächlich einfach gar nichts dahingehendes, sondern verhielt mich ganz natürlich. Ich hätte das ja ungestört und unbeeindruckt hingenommen, wäre nicht immerzu

diese mir von ihr auf den Hals gehetzten Leute gewesen, die mich mit diesem Unsinn konfrontierten mussten. Diese Leute, die mich dann in ihrem Auftrag, auf ihre Weisung hin, damit belästigten. Meistens waren es direkt von ihr zu mir geschickte Leute, die mir schamlos nahelegten, dass ich nun endlich aufhören solle, ihr ständig hinterherzulaufen.
Dabei waren sie einfach nur groteske Schausteller, die nicht einmal bemerkten, dass sie ein Ablösungstheaterstück spielten. Durch und durch geschmacklos und dabei auch noch völlig untalentiert. Es war ihnen auch nicht zu helfen. Sie bemerkten in aller Regel nicht einmal, dass ich überhaupt nichts unternahm, gar nichts, um mich zu ihr in dieses perverse Verhältnis zu setzen, sondern nur hin und wieder eine freundliche, ab und zu eine notwendige Mail schrieb. Das war alles. Naturgemäß nur und ausschließlich Nachrichten mit einem diesen Unterstellungen ganz und gar entgegengesetzten Inhalt, mit einer vollkommen anderen Beziehungsvorstellung als der mir von ihr fortwährend unterstellten.

Diese freundlichen Mails als pathologische Klammerei aufzufassen war ja absolut absurd. Und das alles, während sie herumrannte und panisch, absolut pathologisch, wie ich dachte, dieses alberne Puppenspiel inszenierte. Tatsächlich wurde es mir dadurch aber völlig unmöglich, absolut unmöglich, mich in der Nähe von Personen aufzuhalten, die zu ihr in einem direkten Verhältnis standen.

Ich wurde dann doch nur immer und immer wieder mit diesem pathologischen und perversen Befreiungsdrehbuch konfrontiert, das dabei tatsächlich nur angefüllt war mit grotesken Figuren, die mir immerzu nur dumme Vorwürfe zu machen oder ganz hirnlose Vorträge zu halten hatten.

Insbesondere aber musste ich ja all jene Leute meiden, die von der Alten unmittelbar abhängig waren. Gerade diese haben mich ja immerfort mit diesem Ablösungstheaterstück auf eine durch und durch perverse und dumme Weise gequält, dadurch aber natürlich auch jedes normale Verhältnis von mir zu ihnen absolut unmöglich gemacht. Also habe ich dann auch all diese Kontakte abbrechen müssen.

Ihr Wahnsinn war ein grenzenloser, ihre Idiotie einfach nur noch tragisch-komisch, in höchsten Maßen peinlich. Aber ihre peinliche Idiotie wurde tatsächlich von der verblüffenden Dummheit derjenigen von ihren Lakaien übertroffen, die mir das alles im Duktus großer Ernsthaftigkeit vortrugen. Mir also ständig unterstellten, dass ich das Problem bei dem Ganzen wäre.

Sie hat die Leute schamlos und auf eine tasächlich ekelerregende Weise instrumentalisiert, um mich dazu zu motivieren, mich von ihr abzulösen. Also wieder nur die Leute dazu verwendet, ihren Willen gegen mich zu durchzusetzen. Wieder nur perfide Maßnahmen ergriffen, um mich unter ihre Kontrolle zu nehmen, mir wieder einmal ihren perversen Willen aufzuzwingen. Und das alles unter dem Vorwand, dass ich mich nicht von ihr ablösen könne. Sie hat diese Leute aber nicht nur instrumentalisiert, sondern für dich unmöglich gemacht, dachte ich, für dich zerstört.

So wurde es mir natürlich absolut unmöglich, den Kontakt zu meiner Freundin wieder aufzunehmen, als sie wieder an dieser Schule war. Sie, ihre Eltern, die Lehrer, das waren ja alles mehr oder weniger hochgradig Abhängige, der Alten völlig Hörige, wie ich wusste.

So war ein ungestörtes Verhältnis zu ihr völlig undenkbar geworden, in jedes solche Verhältnis hätte die Alte schamlos ihre Finger hineingesteckt, um uns in unserer Auseinandersetzung zu stören, dieser die von ihr gewünschte Richtung zu geben. Sie hätte sich ja gar nicht selbst einzumischen brauchen. Was nicht heißt, dass sie sich das Vergnügen der Gestaltung ohne Not hätte nehmen lassen. Da sie wusste, dass ich ihre therapeutischen Maßnahmen ablehnte, wäre sie einfach über die anderen gegangen, um dieses Verhältnis zwischen jener und mir zu dem von ihr gewünschten, zu dem von ihr zerstörten zu machen. Um dieses Verhältnis also in das für sie Wünschenswerte zu verwandeln, um diese Beziehung also restlos zu vernichten, hätte sie mir wieder diese Leute mit ihren grotesken Ideen und ihren grotesken Vorwürfen geschickt. Aber nicht nur mich, auch sie hätte die Alte skrupellos bedrängt und bedrängen lassen, nur um diese widernatürliche Beziehung in ihrem Puppenhaus zunichte zu machen.

Sie saß ja vor all diesen Beziehungen immer nur wie ein kleines, bösartiges Mädchen vor seinem Puppenhaus. All diese Leute in ihrem perversen Puppenhaus, dachte sie, wären in Wirklichkeit ja nur dazu da, um ein ihren Vorstellungen gemäßes Leben zu führen, auf die von ihr vorgeschriebene Weise zu existieren. Ich war der Entflohene, der Böse. Ich hatte nun kein Recht, meine eigenen Beziehungen zu den in diesem Puppenhaus Sitzenden zu unterhalten. Sie wollte mich immer nur wieder dorthin zurückholen, mich wieder einfangen. Wäre ich also in diesen Beziehungen geblieben, so hätte sie alles daran gesetzt, mich, den Entlaufenen, wieder da einzusperren.

Sie schreckte dabei nie auch vor den allerperfidesten Strategien zurück, um mir ein Kleid überzustülpen und meinen Willen als völlig irrelevant zu brandmarken, die Wahrheit zur Lüge, die Lüge zur Wahrheit nach Belieben umzuetikettieren. Wie es ihr gerade in den Sinn kam stellte sie die Welt auf den Kopf oder wieder auf die Beine zurück. Nur um ihren Willen absolut durchzusetzen, totale Kontrolle über die sie umgebenden Leute zu erringen.

Es war unter den gegebenen Umständen vollkommen undenkbar, zu der, die ich liebte, die in diesem absurden Irrenhaus nun gefangen und körperlich und geistig in einem noch schrecklicheren Zustand als ich war, einen für uns ungefährlichen Kontakt aufrechtzuerhalten. Also musste ich diesen Kontakt abbrechen, tatsächlich auf Jahre hinaus. Bis sich die Situation nicht ganz grundsätzlich geändert haben würde, wäre alles andere das tatsächlich hochgradig Gefährliche, vielleicht sogar am Ende Tödliche gewesen.

Jetzt, fünfeinhalb Jahre nach den Ereignissen, halte ich das Geständnis in meinen Händen und weiß doch, dass es inzwischen völlig wertlos geworden ist. Seit beinahe sechs Jahren hat sie sich mir gegenüber stets herablassend geäußert. Sie hat meine völlig normalen Kommunikationsversuche abgelehnt und sich als perverse Herrin aufgespielt. Alles in dem irrigen Glauben, dies nur zu meinem Besten getan zu haben.

Zumindest behauptete sie nach wie vor mit den Anschein felsenfester Überzeugung, immer nur zu meinem Besten so agiert zu haben. Sechs Jahre und länger noch, in denen wir keinen vernünftigen Umgang gefunden hatten. Sechs verfluchte Jahre, in denen sie stets als allmächtige Diktatorin aufgetreten war, die eine Klärung dieser Problematik zwischen uns stets ablehnte und von mir Fügsamkeit und Gefolgschaft erwartete. Sechs Jahre und etwas mehr, in denen ich immer und immer wieder eine Ausräumung dieser Probleme anstrebte, woraufhin sie den Kontakt abbrach, was ich durchaus begrüßte.

Wenn ihr also nun erneut mit diesem Ausräumungsversuch daherkommen würde, so würde sie nicht nur den von mir entdeckten Beweis übergehen, sondern mich wieder wochen-, wenn nicht monatelang, mit einem totalen Kommunikationsbann belegen, mich wieder über Monate nicht zur Kenntnis nehmen, während sie zugleich natürlich währenddessen keineswegs zu schade, ihr Ablösungstheater zu spielen, es mit neuem Leben zu erfüllen, also mich ununterbrochen über meine Bekannten und Freunde

mit meiner angeblichen Ablösungsweigerung zu konfrontieren. In ihrem Ignorier- und Bestrafungswahnsinn ging sie irgendwann sogar so weit, meine Nachrichten von vornherein zu ignorieren. Eine ihrer Lieblingstechniken bestand darin, die Kausalität einfach umzukehren. So ärgerte ich mich natürlich über ihre fortgesetzte und völlig willkürlich auftretende Kommunikationsverweigerung. Insbesondere aber darüber, dass sie manche meiner Nachrichten von vornherein ignorierte, völlig willkürlich, ganz unsystematisch, ohne jegliche Rücksichtnahme auf die eventuelle Wichtigkeit des Inhalts, war ich oftmals sehr ungehalten. Natürlich schrieb ich ihr auch, dass sie dieses perverse Ablösungstheater endlich unterlassen solle. Natürlich ignorierte sie diese Nachrichten dann einfach.
Einmal kommunizierten wir wochenlang ganz ungestört. Dann musste sie immerzu, geradezu krampfhaft, eines der für uns kritischen Themen aufgreifen und mir ihre mich betreffende niedrige Meinung unverblümt ins Gesicht schmieren.
Tatsächlich nahm sie es sich immer wieder heraus, die

für uns kritischen Themen aufzugreifen und mir ihre niedrigen mich betreffenden Urteile schamlos ins Gesicht zu reiben. Griff ich ein solches Thema auf, war ich sofort wieder wochenlang der Geächtete.

Tatsächlich hat ja sie diese Themen immer wieder aufgegriffen, tatsächlich wollte sie mich damit nur auf eine perfide Weise testen. Widersprach ich ihr nun in diesen Punkten oder teilte ihr mit, dass sie endlich dieses Austesten unterlassen sollte, unterbrach sie schlagartig den Kontakt. Schlagartig! Auf Wochen, manchmal auch auf Monate.

Ich hätte ja von meinen Erfahrungen in ihrer Schule geschwiegen. Ich hätte sie auch ohne Weiteres nicht damit konfrontiert, dass sie der Grund gewesen war, aus dem ich mit meiner Freundin gebrochen hatte, dass es durch und durch ihre Schuld gewesen war. Zu all diesen Dingen hätte ich ohne Weiteres schweigen können. Aber sie war ja diejenige, die mir immerfort von der Schule schrieb, mit mir über die Schule redete, mich mit meinen charakterlichen Unzulänglichkeiten konfrontierte und mir auf eine ganz unverschämte Weise immerfort mit ihrem

Belehrungsprügel rücksichtslos auf mich einschlug. Mir ständig sagte, dass ich das alles völlig falsch sehen würde, weil ich ja ein Geisteskranker wäre.

Wenn ich darauf etwas sachlich Entgegengesetztes vorbrachte, ob ich dies nun wütend und anklagend oder sachlich und freundlich vorbrachte, schien nicht sehr erheblich zu sein, brach sie den Kontakt wochen-, manchmal monatelang ab. Nur um mich dafür zu bestrafen, dass ich meine völlig falschen Ansichten noch immer nicht ihren Wünschen entsprechend korrigiert hatte. Freilich ohne die Notwendigkeit zu sehen, mir dafür meine Fragen zu beantworten. Einige Male, da bin ich mir sicher, hat sie eine solche perfide Ansicht nur zu dem Zweck geäußert, um mich zu testen. Das erinnerte mich dann jedes Mal daran, wie sie mich bereits schon einmal ständig nur so zum Spaß provoziert hatte. Kurz nachdem meine Freundin den Verstand verloren hatte, fuhren wir immer noch regelmäßig gemeinsam morgens zur Schule.

Gerade als wir in der anderen Stadt einfuhren, wartete sie eine bestimmte Ampel ab, um mir, dem Müden, einen ganz und gar infamen Vorwurf an den Kopf zu werfen, einfach so. Bei dieser Gelegenheit äußerte sie die widerlichsten Dinge. Schamlos bezichtige sie mich, mich meiner Freundin in einer übergriffigen Weise genähert zu haben. Freimütig adressierte sie dann meine charakterlichen Unzulänglichkeiten. Offenherzig gab sie mir wohlmeinende Ratschläge, wie ich dies und das besser machen könnte.

Ich war darüber jedes Mal sehr irritiert. Anfangs antwortete ich noch wütend. Dann antwortete ich irgendwann gar nicht mehr. Aber sie hörte ja nicht damit auf, mir an dieser Ampel ihre niederträchtigen Provokationen entgegenzuschleudern. Erst war ich erschrocken, dann wütend, dann gleichgültig. Als sie aber damit niemals aufhörte, begann ich ihre perverse Teststrategie anzugreifen, ich sagte ihr ganz deutlich, dass die diese perversen Spielchen unterlassen solle, da sie ja ganz und gar geschmacklos und ihrer unwürdig wären. Sie freute sich darüber und setze ihre perversen Spielchen einfach fort.

So gab es ein noch so ein Spielchen. Wenn ich sie in irgendeiner wichtigen Sache kontaktierte, ignorierte sie mich einfach wochenlang. Es gab ja durchaus noch

Angelegenheiten zwischen uns, aus denen sie sich ja niemals heraushielt, zum Beispiel in Sachen meines Stipendiums, das für mich ja wichtig war. Natürlich habe ich dann, wenn es sich also um eine wichtige, und, wie ich annahm, von unseren persönlichen Streitigkeiten unabhängige, das heißt von ihr auch so rasch als möglich zu beantwortende Angelegenheit ging, sie mehrfach an die Bearbeitung dieser erinnert. Sie ignorierte alle diese Erinnerungen jedoch, um mich schamlos als den Klammernden hinzustellen, als den, der sich nicht ablösen könne. Also bearbeitete sie diese mir wichtigen Anfragen gar nicht, um sozusagen Beweise für meine mangelnde Ablösungsbereitschaft aufzubringen, während ich ja einfach objektiv gezwungen war, mich in diesen Angelegenheiten an sie zu wenden.

Wenn ich ihr dann mitteilte, dass ich über ihre Verzögerungen in diesen Dingen sehr ungehalten war, es ihr auch deutlich persönlich übel anrechnete, dass sie diese nicht ernst nahm, so hieß es augenblicklich, dieser Ärger wäre ja erst der eigentliche Grund für ihre ignorante Haltung gewesen. Dann verkaufte sie die

Folgen ihrer infamen und perversen Machtmissbräuche als deren Begründung.

Dabei gab es ja in meinen vielen Erinnerungsmails meistens schlicht und ergreifend gar keinen Anlass für ihre Ignoranz. Also schuf sie sich einfach selbst einen, um mich ganz generell dafür zu bestrafen, dass ich ihr nicht gefügig war, indem sie sich einfach so lange nicht um die Sache scheren würde, bis ich ihr nicht eine durchaus persönliche und auch verärgerte Mail schrieb, deren Tenor ja immer nur war, warum sie nicht mit diesem idiotischen Ignorierverhalten wenigstens in den wichtigen, also überpersönlichen, Angelegenheiten aufhören könne.

Dass ich damals nicht wieder zu ihr zurückkam, wie sie es wohl die beiden Male zuvor gesehen hatte, nachdem mein dritter Anlauf gescheitert war, das hat sie mir nie verziehen. Dafür hat sie mich dann auch nur noch bestraft. Naturgemäß hatte sie darauf gelauert, gewartet, dass ich wieder zu ihr angekrochen käme wie ein reuiger Köter, um mich endlich mit meinem perversen Schülerschicksal abzufinden. Dass ich dann tatsächlich lieber meine Wohnung verlieren und auf ihre Entschuldigung warten würde, dass ich lieber versuchen würde, mir eine ganz andere Existenz weit weg von ihr aufzubauen, damit hatte sie wohl wirklich nicht gerechnet.

Das hatte sie getroffen. Von da an war völlig klar, dass sie mich nie wieder in dieses Schülerschicksal zwingen konnte. Dafür lehnte sie mich dann ab. Mir war ihre Abneigung absolut unverständlich. Immer noch klammerte ich mich an dem Irrtum, dass sich das Ganze schon irgendwie wieder einrenken würde.

Ich schrieb ihr eine Mail mit einem ganz unschuldigen Inhalt. Sie beantworte diese dann auch ganz normal. Später schickte ich ihr wieder eine völlig unschuldige Mail. Diese ignorierte sie dann einfach völlig.

Manchmal debattierten wir auch ein paar Themen. Bis sie plötzlich ganz einfach wochenlang nicht mehr für mich zu sprechen war.

Dann wiederum lud sie mich unvermittelt zu ihr ein. Bei diesen ihren Einladungen sprach sie dann über alle möglichen die Schule betreffenden Fragen mit mir. Auch unterhielt ich immer einen engen Kontakt in die Schule. Ich war sozusagen immer bestens informiert.

Bei einer solchen Gelegenheit hatte sie mich auch mit einem entsetzten Gesicht und voller Ekel gefragt, ob ich bereits wüsste, was der Wahnhafte meiner Freundin angetan hatte. *Das* durfte ich nun *wissen*. Als sie damals den Verstand verlor, hat man mich gänzlich im Dunkeln gelassen, aber das erzählte sie mir.

Endlich ist das Jahr abgelaufen, denke ich. Endlich kann ich mich gerade in der Angelegenheit meiner Freundin mit ihr besprechen. Tatsächlich habe ich dann, als ich gemerkt habe, dass meine Versuche mit ihr ein Gespräch zu führen erfolglos bleiben würden, bis dahin abgewartet. Seit ein paar Wochen war ich nun wieder an der Schule und dieses verflixte Jahr würde nun zu Ende gehen.

Vormittags laufe ich wie ein Gespenst durch die Schule. Ich weiß, dass die Alte noch in intensivem Kontakt zu meiner Freundin steht. Dass sie über alles im Bilde ist. Außer über mich, da sie mit mir einfach nicht redet. Wochenlang laufe ich hinter ihr hier und will erreichen, dass sie mir wenigstens mitteilt, wie ich mich jetzt am besten verhalten würde. Was überhaupt los ist.

Bereits sehr wütend wähle ich ihre Nummer. Doch sie legt einfach auf, ohne ans Telefon zu gehen. Dann stehe ich so in der Küche, nachdem sie mir bereits mehr als fünfmal unmotiviert einfach aufgelegt hat.
Mir wird klar, dass ihre Ignoranz nicht an irgendeine Frist gekoppelt ist, dass sie diese einfach aus persönlicher Bösartigkeit gesetzt hat und gar nicht aus einem objektiven Zwang, wie sie selbst immerzu glaubhaft versichern ließ.
Da reicht es mir, fliegt mir die Sicherung raus. Ich sehe alles nur noch durch einen Schleier der Wut.
Ich nehme einen Stapel Tassen und feure ihn einfach aus dem Fenster. Das Zerbesten des Haufens lockt den Soldaten an, der sich nun erst einmal anhören darf, was ich von der Alten halte. Dann gehe ich hinaus und schmeiße die Türen, dass es grad so scheppert.
Draußen sehe ich den Fürsten im Gespräch mit irgendwem. Er grüßt mich.
Da er diesen Umgang mit mir augenscheinlich billigt, werfe ich ihm etwas Verächtliches zu. Dann gehe ich ohne Umschweife nach Hause. Noch ein paar Monate arbeite ich so, aber sie bleibt für mich bis zuletzt

unansprechbar.

Die Alte war ja auch diejenige gewesen, die zu mir gesagt hatte, dass meine Freundin nun keine Beziehung mehr führen könne und ich also ganz viel Geduld bräuchte, bis sie wieder genesen würde. Das ist ja bis heute das Letzte, was ich zu dem Thema ihres Schicksals gehört habe.

Einmal war ich immer derjenige, der ins allerengste Vertrauen gezogen war, der über das Wesentliche immer bestens informiert war. Dann wiederum war ich der Nichtswürdige, den man bestrafen musste. So ging das hin und her, völlig unberechenbar.

Wir hatten uns zu einem Telefonat verabredet, um eine Vorbesprechung für ein längeres Gespräch durchzuführen und also dieses ja auch notwendige Gespräch terminlich zu fixieren. Als ich dann an dem Tag anrief, ging sie nicht ans Telefon. Also sprach ich ihr auf den Anrufbeantworter und schrieb ihr eine freundliche Mail. Woraufhin sie tatsächlich mehrere Wochen lang gar nicht mehr erreichbar war.

Anfangs habe ich, da sie ja sehr alt und inzwischen verwitwet war, in solchen Fällen tatsächlich mit dem

Gedanken gespielt, ihre Söhne zu informieren, damit einer nachsehen würde, ob sie noch lebte, und mir natürlich Sorgen gemacht. Bis sich dann herausstellte, dass es ihr gar nicht schlecht ging, sondern sie völlig unmotiviert, ganz plötzlich, beschlossen hatte, mich wochen- oder monatelang zu ignorieren. Diese ständigen Sinneswandel konnte sich keiner erklären. Sie hat mich einfach an dieser meiner guten Absicht ihr gegenüber, eine solide Freundschaft mit ihr zu pflegen, aufgeknüpft. Sie benutzte diese, um mich auf diese ihre abscheuliche und perverse Weise zu misshandeln, dabei gerade ausreichend getarnt, um alle nicht unmittelbar Beteiligten aufs Kreuz zu legen. Zirkuläre Strukturen sind in den meisten Fällen auflösbar, beidseitigen guten Willen hierzu vorausgesetzt.
Diesen guten Willen hatte sie nie gezeigt. Stattdessen hat sie insbesondere alle diesbezüglichen Nachrichten ignoriert, die ja nur den Zweck verfolgten, mit ihr ein normales Verhältnis zu entwickeln, und ihr perfides Spielchen einfach durchgezogen. Davon war sie nicht abzubringen. Dafür machte diese Art der

Beherrschung und Domestizierung sie einfach zu geil, als dass sie von ihrer durch und durch triebbesetzten Neigung, mich zu bestrafen, auch nur einen Millimeter preisgegeben hätte. Das ist die Wahrheit!

Nach außen stellte sie sich stets als fürsorgliche Mutter dar, die voller Stolz die Entwicklung ihres Ziehsohnes beobachtete. Nach innen jedoch war sie eine kaltherzige Zuchtmeisterin und unumschränkte Herrscherin, der man nie genügen konnte. Was nur hätte gelingen können, wenn ich mich restlos ihrer Führung hingegegeben, ihren Befehlen geopfert hätte. Woraufhin sie mit Sicherheit mit tiefster Verachtung reagiert hätte. Folglich war es einfach absolut unmöglich, auf eine Weise zu existieren, die ihre Zustimmung gefunden hätte, was sie mich auch durchaus wissen ließ. Was praktischerweise aber auch bedeutete, dass sie ihre Kontrollsucht weiter ausleben konnte.

Diesen Prozess als einen zirkulären hinzustellen, darin bestand ihre eigentliche Meisterleistung, welche nur noch von dem Kunststück überboten wurde, mich als den aggressiven Teil der Beziehung dastehen zu

lassen, sich als den passiv-leidenden. Auch hier also die Wahrheit zur Lüge, dafür die perfide Lüge zur Wahrheit zu verdrehen. Das gelang ihr zwar nie ganz, da kaum einer je in mir den aggressiven Teil sehen konnte, weil mir dazu auch einfach die Mittel fehlten. Aber immerhin gelang es ihr auf diese Weise, das Ganze als von ihr unverschuldet hinzustellen.
So wurde mir häufig mindestens eine Teilschuld gegeben, weil ich angeblich ebensowenig wie sie meine Methoden geändert hätte. Daraus folgt jedoch keineswegs die Gleichwertigkeit der angewandten Methoden. Während ihre extrem aggressiv und herabsetzend waren, zielten meine darauf ab, eine gewisse Normalität herzustellen, also von ihr ein gewöhnliches Maß an Akzeptanz und Abstand zu erhalten. Während sie es stets auf nichts Geringeres als meine vollständige Unterwerfung unter ihren Willen abgesehen hatte. Darunter war für sie einfach nichts denkbar.
Deshalb hat sie auch immer alle Inspirationen, von wem auch immer sie ausgingen, solange sie nur geeignet waren, mich herabzudrücken und in die

gewünschte Richtung zu zwingen, sofort aufgenommen und sich angeeignet. Einzig zu dem Zweck, diese gegen mich zu benutzen. Darin bin ich nicht unfair, sondern realistisch. Jahrelang hatte ich mich ja selbst mit dem Gedanken abgefunden, dass ihre Feindseligkeit im Grunde eine unbeabsichtigte war. Sozusagen das notwendige Produkt einer Verstrickung, der wir beide uns zwar entziehen wollten, es aber nur nicht fertig brachten.

Daher konnte ich verstehen, wenn Leute sich in dem gleichen Irrtum befanden, in dem ich mich tatsächlich jahrelang befunden hatte. Dafür hatte ich das allergrößte Verständnis. Aber es handelte sich doch um einen Irrtum. In diesem Bild wurde nämlich nicht in Rechnung gestellt, dass ich auf verschiedene Weise, im Grunde mit allen Mitteln, versucht habe, aus dieser Struktur auszubrechen, sozusagen die Alte hinter der Alten zu erreichen.

Naturgemäß, dachte ich, denkt man ja in einer verstrickten Lage oft, hinter dem krankhaften Muster versteckte sich doch auch ein im Grunde rationaler Mensch, mit dem man auch einen normalen Umgang

erreichen könnte. Aber gerade das war ja mein Irrtum. Ich nahm also an, dass sie dieser Situation wenigstens ähnlich ratlos gegenüberstehen würde. Dass man nur den Kniff finden müsse, um eine von uns beiden gewünschten freundschaftlichen Umgang zu erreichen. In Wirklichkeit aber zeigte die Alte ihr wahres, herrisches, perverses Selbst. Das haben wir zu spät erkannt. Die meisten dann auch nie.
So stellte sich umso dringlicher die Frage, ob ihr Favorit sie überhaupt hatte anlügen müssen, als er mich hinauswarf. Oder ob sie damit nicht viel eher seine vollständige Einbindung in das Trio, welches mich als Person auslöschen, mich vernichten wollte, erstrebte. Indem er mich genau wie sie wie seinen Fußabtreter einfach hinausbeförderte, weil es ihm gerade in den Kram passte. Davon versprach er sich ihre Gunst. Indessen bin ich mir sicher, dass Leute wie der Fürst auch jetzt noch auf dem Irrtum beharren würden, dass es sich bei alldem einfach um tragische Umstände handelte. Dass diese Umstände sogar ganz glückliche gewesen wären, die sowohl ihren als auch meinen Bedürfnissen entsprochen hätten. Nicht nur

das.

So wurde mir ja immer wieder ihre schamlose Lüge zugetragen, mir unterstellt, mein masochistischer Charakter würde mich immer wieder in diese Situation hineintreiben. Gleichzeitig wurde ihr dann auch noch oft unterstellt, das sie in Wirklichkeit gar kein sadistischer Mensch wäre, sondern eine liebende Mutter. Schließlich verzichte sie ja gerade dadurch, dass sie mich ignorierte, auf jede Form des Sadismus. Sogar zu dieser Aussage war man mir gegenüber fähig. Das ist ja nicht einmal plausibel ... Es ist ja einfach nur verrückt, anzunehmen, dass ihr willkürlicher Ignorier- und Bestrafungswahnsin kein sadistischer gewesen wäre.

Die Situation, in die sie mich setzte, war ja keineswegs von, wie sie selbst immerzu schamlos behauptete, einer Ablösung von ihr geprägt, sondern von nackter und roher hemmugsloser Gewalt gegen mich gekennzeichnet. Bis zuletzt hat sie keine Anstalten gemacht, sich aus meinen Angelegenheiten herauszuhalten. Bis zuletzt regelmäßig Berichte über mein Studium verlangt, die eindeutig von der

Botschaft begleitet waren, dass in ihren Augen mangelhafte Leistungen mein von dritter Seite gewährtes Stipendium arg gefährden würden. Bis zuletzt hat sie auf meine Renitenz gegen ihren Unterwerfungsdruck mit der therapeutischen Verordnung von Zwangspausen reagiert.
Sie handhabte diese therapeutischen Maßnahmen immer ganz so wie bei einem unartigen Kind, das der lieben Mutter zu widersprechen gewagt hatte.
Tatsächlich hörte sie niemals damit auf, mir irgendwelche Zwangspausen zu verordnen. Am Ende, als ich dann alle unsere gemeinsamen Angelegenheiten einfach hinwarf, hat sie sogar meinen endgültigen Anlauf, mich aus ihren Fängen zu befreien, als Pause von mehreren Jahren auffassen wollen. Nur um erneut die Oberhand zu behalten. Nur um mir wieder mal klarzumachen, dass diese Situation keinesfalls von mir abgeschlossen werden durfte.
Erst forderte sie mich, perfider Weise oft unter demonstrativer Hinzuziehung Dritter, dazu auf, mich von ihr „abzulösen", wie sie es nannte. Nur um im nächsten Satz diese Ablösung unmöglich zu machen,

indem sie sie, wenn sie von mir vorgenommen wurde, zur von ihr für mich verordneten Pause umdeklarierte. So hat sie gegenüber Dritten stets betont, ich sei das Problem, was diese allzu gerne zu glauben bereit gewesen waren. Es wäre ja auch existenzbedrohlich gewesen, ihr zu widersprechen, was man an meinem Beispiel studieren konnte. So bedrängten mich ihre beiden Komplizen bereits sehr früh, während der Unbestechliche unbestechlich blieb.

Sie forderte mich dazu auf, mich von ihr abzulösen. Während sie im nächsten Satz klarmachte, dass es sich hierbei um eine therapeutische Zwangsverordnung handelte, die im Falle meiner anhaltenden Unterwerfungsverweigerung einfach immer weiter verlängert würde. So war ich effektiv vor die Wahl gestellt, mich entweder an diese Pause zu halten oder bestraft zu werden. Lief dann einmal das Verfallsdatum einer solchen Pause ab und ich hatte mich dieser Struktur nicht unterworfen, so wurde die Pause einfach verlängert, ohne dass mir dies mitgeteilt worden wäre.

Während ich mich also bemühte, diesem Unfug ein Ende zu setzen, unternahm sie alles, um ihn am Laufen zu halten. Sie scheute auch nie davor zurück, ihre beiden Handlanger in die Gestaltung ihrer Maßnahmen aktiv miteinzubeziehen, da diese ja das Szepter irgendwann übernehmen sollten. Es kann also durchaus sein, dass meine Versuche, zu ihr durchzudringen, einen obsessiven Charakter hatten. Das war mir durchaus bewusst. Aber gleichzeitig fühlte ich den brennenden Wunsch in mir, diese Schieflage zu korrigieren, diese vormals gut scheinende Beziehung wieder aufzurufen und dieses Gute an die Stelle des Unfugs zu setzen, den sie sechs Jahre lang praktiziert hatte.

Natürlich habe ich mich auf diese Weise auch an der Situation mitschuldig gemacht. Indem ich beharrlich auf diese Veränderung hingearbeitet habe. Ich habe wirklich alles versucht. Aber schließlich musste alles scheitern, musste ich aufgeben. Es gab diesen Wendepunkt nicht. Vielleicht hatte es ihn auch nie gegeben. Viel zu sehr hingen wir beide an unserer Version der Geschichte, wobei ihre naturgemäß bis zum Schluss Verschlusssache war. Insbesondere dann, als sie ja tatsächlich vermutlich bereits eine widerlegte war.

Ich habe versucht, sie zum Nachdenken über das Verhalten und die Absichten ihrer beiden Komplizen zu bewegen, die ja irgendwann als Fremde einfach in unser Verhältnis schamlos hineingeplatzt waren. Wenn sie sich fürsorglich zeigten, aber mir einen Stiefel ins Gesicht drückten. Aber sie antwortete in der Wir-Form und bezeichnete sie als meine Freunde. Vermutlich einzig zu dem Zweck, mich auch noch zu verhöhnen. Ich habe ihre Verhaltensweisen auf alle denkbaren Weisen analysiert und adressiert. Ich habe unsere Problematik auf jede menschenmögliche Weise thematisiert, was sie stets gleich, nämlich durch völlige Ignoranz, beantwortete.

Schließlich hatte ich nun sogar den Beweis, dass nicht ich mich, sondern sie sich über die Bewertung meiner und unserer Lage und die Handlungen ihrer Nachfolger getäuscht hatte. Aber es war einfach zu spät, um diesen ihren fatalen Fehler zu berichtigen.

Vermutlich, dachte ich, wusste sie all das schon lange,

aber wollte es entweder nicht zugestehen, oder schlicht und ergreifend aus dieser Tatsache keine nennenswerten Konsequenzen ziehen. Die Lage wäre für sie ja bequem gewesen, wenn ich mich nur mit meiner vollendeten Demütigung und Degradierung hätte abfinden können.
Hatten ihre beiden Schergen nicht durchaus ein hohes Maß an Tüchtigkeit bewiesen, als sie zu kleinen Kronprinzen aufstiegen? Konnte ich mich nicht einfach genauso verhalten, um die Richtigkeit und Tüchtigkeit dieser Vorgehensweise zu würdigen? Vielleicht erwartete sie ja genau das. Aber das war mir naturgemäß völlig unmöglich, unsere ursprüngliche Freundschaft auf diese Weise zu hintergehen. Sie erwartete, dass ich mich ihr auf diese Weise anbiedern würde, mich ihr unterwerfen würde, um irgendetwas von ihr zu erreichen.
Ihre beiden Nachfolger haben in ihrem ganzen Verhalten dann auch durchblicken lassen, dass sie mich als eine Konkurrenz betrachteten, die es zu beseitigen galt. Dreist unterstellten sie mir, dass ich mich der Alten genau wie sie nur anbiedern wollte, um

Zugang zu irgendwelchen Positionen zu erhalten oder irgendwelche Vorteile zu erlangen. Dabei wurde jedoch völlig außer Acht gelassen, dass ich all das gar nicht wollte. Nicht einmal für einen dem entsprechenden Studiengang war ich eingeschrieben. Trotzdem verdächtigten sie mich, auf diese ihre niedrige Weise über die Alte zu denken.

Sie ließen dann auch nichts aus, um mich loszuwerden. Kein Mittel war ihnen zu sittenlos und niederträchtig, um es nicht gegen mich einzusetzen. Sie waren sich nicht zu schade, sich als meine Freunde zu bezeichnen, welchen mein Wohl am Herzen läge. Gleichzeitig aber feuerten sie die Alte an, mir fortgesetzt ins Gesicht zu spucken. Woran sie sich dann munter beteiligten. Diese beiden nun waren die Einzigen, mit denen sie über meine Zukunft konspirierte. Mit denen sie meine vollständige Unterwerfung unter erst ihr, dann deren Joch plante. Immerhin war ich tüchtig. Also sollten in der Zukunft sie meine Arbeitskraft ausbeuten, von der die beiden selbst nicht all zuviel besaßen. Weder quantitativ noch qualitativ.

So sollten sie sich meiner und der ganzen Schule bemächtigen und also in die Fußstapfen der Alten treten, er in den linken und sie in den rechten. Damit wir sie zum Blühen und Gedeihen bringen würden. Dazu wären sie aus eigener Kraft auch kaum in der Lage gewesen. Aufgrund ihrer fehlenden Tüchtigkeit hatten sie sich dazu entschlossen, sich schamlos an die Alte ranzumachen. Aus ihrem Kadaver wollten sie ihre Existenz zu begründen. Was ihnen durch und durch geglückt ist, wie ich neidlos anerkennen muss. Seit sie sich um mich gekümmert hatte, war sie mir stets eine mütterliche Freundin gewesen. Aber das hat sich dann schlagartig geändert. Natürlich war ich nicht ohne Weiteres imstande, als die Sache mit meiner Freundin zu Ende ging, darüber hinwegzugehen. Ihre Zerstörung konnte ich einfach nicht ohne Weiteres ertragen. Damit war ich für die Alte sofort abgemeldet. Gescheitert. Eine nicht mehr rentable *Investition*.
Als dann meine Freundin menschlich völlig zerstört war, war ich auf der Arbeit auch noch diesen tatsächlich omnipräsenten üblen Nachreden und den diese begleitenden Diskriminierungen schutzlos

ausgeliefert. Hinzu kam die permanente Ignoranz der Alten diesem Sachverhalt gegenüber, die mich auch noch ganz offen für meine Trauer verhöhnte. Als ich darunter schließlich zusammenbrach, hat sich unser Verhältnis ganz grundsätzlich verändert. An diesem Punkt änderte sich alles.

Ich glaubte, dass die einzig sinnvolle Erklärung für all das, diese gesamte plötzliche Wende, darin besteht, dass auch sie glaubte, dass meine Freundin meinetwegen, aufgrund irgendeiner verwerflichen Handlung meinerseits, auf so plötzliche Weise und gerade während wir zusammen waren, zu einem hoffnungslosen Fall für die Psychiatrie geworden war. So war ich in meiner Trauer alleine, was durchaus legitim war. Zugleich war ich aber angeklagt, diesen Untergang durch eine sexuell motivierte Straftat selbst verursacht zu haben, wofür ich dann auch noch bestraft wurde.

Man begegnete mir nicht als Menschen, der einen liebgewonnenen Freund verloren hatte, sondern bestenfalls als einem Spinner, der über das Ende einer dummen Bettgeschichte nicht hinwegkam.

Schlimmstenfalls dann aber doch als dem Verursacher dieser Zerstörung. Auf diese Weise nur konnte ich mir bereits damals ihre Haltung mir gegenüber eigentlich erklären. Mich sogar ins Kino zu einem Film einzuladen, in dem die Nichtigkeit von Bettgeschichten auf die Weise, die üblicherweise als lustig empfunden wird, ohne lustig zu sein, auf die Schippe genommen wird. Während ich ihr vorwarf, diese Strategie mir gegenüber zu fahren, um mich zu demütigen.

Da ich sozusagen am Puls des Geschehens war, war ich anscheinend der Einzige, der in vollem Umfang verstand, dass meine Freundin keine subtile Strategie zur Auflösung der Beziehung betrieb. Sie war substanziell, als Person, in den letzten Zügen. Bevor schließlich unweigerlich ein Zustand eintreten würde, den ich für schlimmer als den Tod hielt, denke ich. Ein Zustand, in dem die Augen zu Fenstern einer verlassenen Wohnung werden. In welchen man keine ausgeprägte Identität mehr besitzt, sondern wie ein Geisterschiff auf das Ende zutreibt.

Wahrscheinlich wurde augenblicklich angenommen, dass ich meine Freundin auf eine perverse Weise in eine hochtraumatisierten Verfassung versetzt hatte. Dass sie also durch mich retraumatisiert worden war, wie man sich diesbezüglich mir gegenüber bisweilen ausdrückte. Niemand sprach mich jemals direkt darauf an, der diese Situation verstanden hätte. Vom Unbestechlichen einmal abgesehen.

Da habe ich mich zu Freunden zurückgezogen und mich schließlich entschlossen, meine Arbeit vorerst niederzulegen, was nur durch eine Kündigung erreichbar war. Man gewährte mir keine Woche Pause. Man meldete sich bei mir nicht mehr. Meine Nöte waren der Alten offenbar völlig egal geworden. Ich war ja selbst Schuld. Ich hätte mich mit so einer auch nie einlassen dürfen. Das wusste auf einmal sogar die, die unsere Annäherungen unterstützt und in die Wege geleitetet hatten. Aber ihr Blick auf mich war bereits damals der einer Therapeutin, die einen hoffnungslos lebensunfähigen Menschen betreut.

Mir wurde sogar gesagt, dass die Alte mich in diese Richtung sogar erst gestoßen hatte, weil wir zwei „Psychos" miteinander ein wenig Spaß haben sollten. Später wusste sie dann von nichts. Als meine Freundin mich aus ihrem Leben konsequent hinauswarf, mir jegliche Kommunikation verweigerte, äußerte die Alte sich mir gegenüber vorwurfungsvoll, dass diese Beziehung einzugehen von mir verantwortungslos und übergriffig gewesen wäre. Was sie jedoch nicht davon abgehalten hatte, mich sogar zu meiner Freundin, in die Wohnung ihrer Eltern, höchstpersönlich hinzufahren. Als es längst begonnen hatte, ihr schlecht zu gehen. Als ich so bis zum Hals in der Scheiße steckte, hat sie mich nicht nur im Stich gelassen, sondern auch noch nachgetreten, indem sie mir mein Stipendium wegnahm.

Da sitzt er nun vor mir und fragte mich, ob er sich für die Zerstörung meines letzten Versuchs, mein altes Leben zurückzuerobern, auch noch entschuldigten sollte. Er trägt dabei frech die Manschettenknöpfe des verstorbenen Mannes der Alten zur Schau, was ich durchaus passend finde. Geschmacklos. Aber passend.

Tag 18

Sie ist nicht erreichbar. Ihr Handy kann nicht geortet werden. Ich bin in der Schule und sie hat angekündigt, sich umbringen zu wollen. Ich rufe die Alte an. Ich bin panisch, weil es diesmal ernst werden könnte. Mit einer Kollegin gehe ich auf die Suche. Sie fährt. Während wir zu meiner Wohnung unterwegs sind, beschimpfe ich alles auf der Straße, was sich nicht schnell genug bewegt oder sich sonstwie dumm anstellt.
Wir haben keine Zeit zu verlieren. Die Polizei ist verständigt. Als wir an meiner Wohnung ankommen, ist niemand dort. Dann rufe ich die Alte an und wir fahren aufs Revier. Natürlich haben die Polizisten für solche Situationen zwar einen Plan. Zum Beispiel wird sie an allen größeren Bahnstationen gesucht. Aber mir kommt das alles viel zu fahrig und nachlässig vor. Also fordere ich den Beamten auf, sich ihr nicht auf eine offensive Weise zu nähern, da dies ein Unglück herbeiführen könnte. Angst und Wut, dass es mich hin und her zieht. Nervös gehe ich in der kleinen Stube

auf und ab.

Ich finde keine Ruhe, werde aggressiv und beruhige mich wieder. Wir können nichts weiter unternehmen. Auf den Ausgang haben wir keinen Einfluss. Wir warten ab. Regelmäßig versuchen wir sie anzurufen, aber das Telefon bleibt stumm. Jede Minute fühlt sich grässlich lang an. Wir wissen nicht, ob sie bereits tot ist. Wo sie ist. Ob sie anruft und sich besinnt. Plötzlich geht sie ans Telefon, aus welchem anscheinend hilferufende Schreie kommen. Dann ist die Leitung wieder unterbrochen. Es ist schwer, einen solchen Schrei zu hören. Man kann ihn eindeutig zuordnen, aber nicht eingehend beschreiben. Er wirkt noch lange nach.

Ich versuche, die Situation zu deuten. Intuitiv denke ich, dass sie an einer Station von Beamten aufgegriffen worden ist. Dass sie noch das Handy in Betrieb genommen hat, um uns über die Situation aufzuklären. Es ist anzunehmen, dass sie in Bedrängnis ist, da das Telefonat abrupt endet. Ich vermute, dass Beamte sie angegangen haben und wende mich an den Beamten im Zimmer, so schnell wie möglich Ort und Lage aufzuklären. Dieser macht keine Anstalten, etwas derartiges zu unternehmen, woraufhin ich die Façon verliere und ihm wütend ankündige, ihn notfalls auch deutlicher zu motivieren. Er bietet mir im Gegenzug an, mich notfalls eine Runde zu inhaftieren. Daraufhin entschuldige ich mich. Inzwischen reift in mir der Verdacht heran, dass Zivilisten ihr in dieser Situation zu nahe getreten sein könnten. Ich male mir alles aus. Vom hilfreichen Menschen, der sie am Sprung ins Gleisbett hinderte, bis zum Perversen, der die Unglückliche an einem abgelegenen Bahnhof verschleppen wollte, was ich aber für unwahrscheinlich halte.

Wir können die Lage nicht aufklären. Daher verbietet sich jede Spekulation. Sie würde uns nicht voranbringen. Manchmal ist ein stummes Surren im Kopf das Beste, was man bekommen kann. Dafür haben wir nun wenigstens einen Anhaltspunkt, dass die Sache doch nicht so schlimm ausgehen würde. Immerhin ist sie noch vorhanden und weiß, wie sie sich Unterstützung besorgen kann. Das Warten geht in die nächste Runde, ohne dass sich die Situation

fühlbar entspannt hätte.
Wieder habe ich sie ans Telefon. Wo sie ist, will sie mir nicht verraten. Ob sie von dort zu dem uns nächstgelegenen Bahnhof gelangen würde, frage ich. Sie bejaht und ich schlage vor, sie dort abzuholen. Sie stimmt zu. Ich schlage der Alten und dem Beamten vor, in einem nahen uns bekannten Restaurant zu warten. Sie haben keine Einwände. Wir machen uns auf den Weg. Ich gehe zu Fuß, die anderen fahren.
So komme ich an der Station an und warte auf sie. Ein paar Bahnen halten, ohne dass sie aus einer aussteigen würde.
Ich versuche, mir keine Sorgen zu machen, rauche und rede mir ein, dass alles gut gehen würde. Dass sie in einer der nächsten Bahnen schon säße. Bis sie schließlich aus dem letzten Wagen einer einfahrenden S-Bahn aussteigt, ein paar Meter geht und sich unter einer kleineren Überdachung auf den Boden legt.
Ich nähere mich ihr. Gehe neben ihr in die Hocke, rede ihr freundlich zu. Zwei junge Frauen gehen auf uns zu, aus dem Augenwinkel kann ich sie sehen. Ich weiß, wie die Lage für Unbeteiligte aussieht, wende mich

ihnen zu und erkläre freundlich, dass ich ihre Courage zu schätzen wisse, die Situation aber nicht die sei, nach der sie aussehe. Das genügt den beiden, so dass ich mich wieder um sie kümmern kann.

Sie steht auf. Ich muss sie stützen, damit wir vorankommen. Wir verlassen den Bahnsteig. Vor dem Gebäude stehen mittlerweile ein halbes Dutzend Streifenwagen. Zum Glück auf der anderen Seite, so dass ich mit ihr nicht direkt an diesen wartenden Autos vorbei muss. Wir kommen langsam voran, aber ohne Probleme. An einem Tisch warten sie auf uns: Der Fürst, die Alte und der Beamte.

Ich setze mich hin und schalte ab. An dem Gespräch nehme ich keinen Anteil. Der Fürst übernimmt sie wieder in seine Einrichtung. Die Alte fährt mich nach Hause. Wohin sie gebracht wird, weiß ich nicht. Daheim angekommen lege ich mich ohne Umschweife ins Bett. Rasch schlafe ich ein. Als ich aufwache kein Gedanke mehr an das Geschehene.

Eine Linie aus Licht, die die Dunkelheit schneidet, die alles ist. Wir laufen durch einen stockfinsteren Wald. Mühsam tasten wir uns vorwärts und manchmal begegnen wir einem anderen. Die Zeit unserer Begegnungen ist ausgemessen und immer nur wie ein trotziges Aufflackern. Wir denken erst, dass wir diesen oder jenen niemals wieder hergeben möchten. Dann verliert sich dieses Gefühl ganz zuverlässig. Je intensiver wir den Gedanken hatten, dass wir den oder den nie wieder vermissen möchten, desto schneller verbrennen wir uns dann doch. Das ist unser Schicksal.

Tag 19

Ich habe mich freiwillig und mit freundlicher Unterstützung des Fürsten, vermutlich auf Veranlassung der Alten, auf etwas mehr als vier Wochen ins Kloster aufgemacht habe. Meine Gedanken werden verzehrt vom brennenden Wunsch nach Rache. Seit ich meine Wohnung aus finanziellen Gründen kündigen musste habe ich, von ein paar schönen Momenten abgesehen, nur noch diesen einen Gedanken gehabt, mich für die nun vollendete Zerstörung meiner Existenz zu rächen. Als ich in die Stadt kam, wurde ich in diese Wohnung verfrachtet, die ich mir ohne Arbeit und ohne Stipendium einfach nicht mehr leisten konnte. So war es nach meinem letzten Versuch, auf der Arbeit wieder Fuß zu fassen, eine Frage der Zeit gewesen, bis ich auch diesen meinen Rückzugsort verlieren musste.
Diese „Wohnung" war von Anfang an viel zu teuer gewesen. Doch hatte die Alte dann nichts mehr unternommen, um mir dabei zu helfen, den drohenden Exodus abzuwenden. Im Gegenteil hatte sie es auf

diesen angelegt, ihn bewusst herbeigeführt. Daran, dass ich meine Wohnung nun verlieren würde, war sie tatsächlich die Hauptschuldige. Erst hatte sie mir diese Wohnung verschafft. Dann aufgrund meiner fortgesetzten Weigerung, mich mit der Schülerrolle abzufinden, mir meine Arbeit und mein Stipendium weggenommen. Damit auch die Wohnung. Was sie natürlich für ihr gutes Recht hielt.

Hatte sie mich nach dem ersten Versuch noch finanziell unterstützt, so lag ihr nunmehr nur noch daran, mich möglichst unkompliziert loszuwerden. Es gab keine Hoffnung mehr. Dunkelheit lag über mir. Ich war ein Gescheiterter, der keine Kraft mehr hatte und nur noch darauf wartete, bis seine Aussichten auf eine einigermaßen gesicherte Existenz endgültig ausgelöscht sein würden.

Ich dämmerte vor mich hin, rauchte ab und zu einen kleinen Joint. Hatte selten Geld, um mir genug zu essen zu leisten. Verlor mehr als 20 Kilo. Ich vegetierte nur noch. Am Leben nahm ich keinen Anteil mehr. Meine Freunde hatten sich längst von mir abgewandt. Allein und ausgebrannt musste ich mich nun auch noch verhöhnen lassen, als ich eingeladen wurde, mit der Alten und ihren beiden Lakaien über die Gründung einer neuen Schule zu reden. Meine Rolle in dieser stand von vornherein fest. Was hätte sich daran auch jetzt noch ändern sollen? So war dies lediglich die Demonstration ihrer Macht, die für mich gut sichtbar vorgenommene Krönung ihrer beiden Handlanger. Eine perverse Verhöhnung. Ein Angebot, mich doch endlich zu unterwerfen und dafür gnädigerweise eine gesicherte Anstellung zu erhalten. Lieber wollte ich so untergehen oder mir in der Dusche die Pulsadern durchtrennen. In dieser Situation zeigte sich ganz deutlich, dass es ihr nur darum bestellt war, mich vollends zu demütigen und als eigenständige Person zu vernichten. Es wurde völlig klar, dass meine Versuche nur deshalb gescheitert waren, weil ich mich dem entzogen hatte. Während ich noch nebenbei zum Spaß mit diesen Leuten darüber redete, ganz unverbindlich und in der Gewissheit, dass dies alles eine Verspottung des am Boden Liegenden war, meldete ich meine Wohnung ab und bereitete mich auf das Unvermeidliche vor.

Ich hatte keine Ahnung, wie es weitergehen würde. Irgendwie würde es schon werden. Ich hatte keine Ahnung, wo ich hingehen sollte. Also ging ich zurück in mein Elternhaus, das ich fünf Jahre zuvor verlassen hatte. Damals war die Alte für mich da gewesen. Sie hatte beim Jugendamt die Internatsunterbringungen erkämpft. Als ich dann das dritte Internat wegen eines Skandals verließ, hatte sie mir die Wohnung beschafft und durchgesetzt, dass ich mein Abitur extern ablegen durfte. Sie hatte mir beigebracht, wie man wissenschaftlich arbeitet und hatte meiner impulsiven Art die richtige Richtung gegeben. Es wäre unfair von mir, wenn ich bei nicht all die schönen Gespräche und meine Dankbarkeit ihr gegenüber für all das in Rechnung stellen würde. Der Hass, den ich für sie empfand, kann ja auch nur auf Grundlage dieser Vorgeschichte sinnvoll gedeutet werden. Obwohl ich das wusste, hasste ich sie.

Zuerst hatte sie mir geholfen. Als ich dann von der durch sie vorgezeichneten Bahn abwich, hat sie das nicht tolerieren können. Sie dachte wohl, dass ihr ein großes Kunststück gelungen war, mich wieder

einzufangen. Vermutlich dachte sie bereits damals nur daran, wie grandios ihre Leistung gewesen war. Dass sie meinen Willen gebrochen hätte. Aber das war ein Irrtum. Sie hatte mir lediglich ermöglicht, den Weg zu gehen, der der mir gemäße war. Den ich von ganz alleine ohnehin gesucht hatte. Dem ich also ganz natürlich und von selbst dann auch gefolgt bin.
Daher hatte sie auch nie verstanden, dass ich an meinen alten Schulen nicht aufgrund meiner Unzulänglichkeit gescheitert war, sondern aufgrund eines faschistoiden Selektionsprozesses, gegen den ich mich jahrelang gewehrt hatte. Der mich schließlich doch einholte. In dieser Situation verbündete sich mein Elternhaus mit der Schule und setzte mich Hand in Hand mit diesen grotesken Menschen unter Druck. Die Alte hat mich dann dort herausgeholt und in ein Internat verfrachten lassen.
Regelmäßig trafen wir uns. Während ich ihr meine neuesten Erkenntnisse darüber vortrug, was ich gerade las, brachte sie mir bei, mich mit diesen Kreaturen richtig auseinanderzusetzen. Sie zeigte mir, wie diese Leute tickten. Wie ich weniger anecken

würde. So war ich ihr wissbegieriger Schüler und sie meine Lehrerin. Mit der Zeit gewöhnte ich mich daran, mich mit ihr zu unterhalten. Daneben erwuchs eine wechselseitige Sympathie.

Diese war mit dem Tag meines Abiturs zerstört. Die Auflösung dieser Beziehung schritt von da an unaufhaltsam voran. Sie verordnete eine Kommunikationspause, an die sie sich selbst nicht hielt, ich mich aber halten musste. Unsichtbar und omnipräsent, unerbittlich und unangreifbar war sie für mich ein tyrannischer Gott, dem meine Wünsche und Ziele zu jeder Zeit völlig gleichgültig waren. Dem es nur darauf ankam, dass ich mich seinen Geboten entsprechend verhalten oder aber bestraft würde. Ich habe oft versucht, mir diesen Gesinnungswandel zu erklären. Ich dachte sogar, dass sie mich ohne Unterlass für etwas bestrafen wollte, von dem sie anscheinend glaubte, dass ich es meiner Freundin angetan hätte. Sogar diesen absurden Gedanken habe ich bis zu einem gewissen Grad für plausibel gehalten. Einmal war sie diejenige, die die Beziehung gefördert hatte, mich zu meiner Freundin fuhr und es mir erlaubte, sie von ihrer Selbstmordankündigung abzuholen. Ein andermal wiederum diejenige, die diese Beziehung von Anfang an nicht für gut befunden haben wollte. Die davon sprach, dass ich mich in diese Verantwortung für meine Freundin gegen ihren heftigsten Widerstand gebracht hätte. Die mir Jahre später widerwillig und zerknirscht zugestand, dass ich mich meiner Freundin gegenüber *sehr anständig* verhalten hätte.

Diesen Satz brachte sie gar nicht richtig über die Lippen, vielmehr wisperte sie ihn vor sich hin. In einem völlig anderen Kontext hat sie dann diesen Satz aus sich herausgepresst. Dabei zeigte ihre ganze Körperhaltung ganz deutlich, wie schmerzhaft dieses Zugeständnis für sie sein musste. Ein Satz, der ja nur dann Sinn machte, wenn der, der ihn formulierte, zuvor geglaubt hatte, dass ich mich ihr gegenüber unanständig verhalten hatte.
Ein wie ich finde sehr aufschlussreicher Satz, aus dem hervorging, dass sogar sie lange davon ausgegangen war, dass ich mich meiner Freundin gegenüber sehr

unanständig verhalten hätte. Dann bot sie mir ein „Schwamm drüber" an, über das ich dann schweigend hinwegging. Bald aber konnte ich mir ihren Gesinnungswandel nur noch damit erklären, dass es einen solchen gar nicht gab, sondern dass sie nur bemerkte, dass ich mich in eine andere Richtung entwickelte als in die von ihr gewünschte. Aus der Mutterfigur wurde in diesem Moment der furchtbarste Racheengel, den man sich vorstellen kann. Der alles in Bewegung setzte, um das entlaufene Schäflein zur Herde zurückzubringen. Bereits damals schon wollte sie nur den Staffelstab an ihre beiden Kronprinzen weitergeben. Einzig aus diesem Grund kamen bei mir in meiner verzweifelten Lage diese durch und durch niederträchtigen Angebote an, mich unter der Ägide ihrer Nachfolger an einer neuen Schulgründung zu beteiligen. Aus Spaß ließ ich es darauf ankommen.

So setzten sie ein Treffen an, zu dem ich eingeladen werden sollte. Nur auf den Anruf sollte ich an diesem Tag warten. Natürlich wartete ich dann, als ihre Verhöhnung ernst zu werden drohte, vergeblich auf diesen Anruf. Als als realisierten, dass ich in diesem Fall tatsächlich irgendwo aufkreuzen würde, haben sie sich zu diesem Anruf nicht getraut. Weil sie ja wussten, dass ich mich bei diesem Treffen über ihren Versuch nur lustig machen oder mich darüber maßlos ärgern, sie also beschimpfen, mich aber keinesfalls ihnen demonstrativ unterordnen würde.

Der einzige Sinn, mich in diese Planungen miteinzubeziehen, bestand offenbar darin, mich zu verhöhnen und zu erpressen, mich endlich in die Rolle des willfährigen Befehlsempfängers ihrer beiden Handlanger einzufinden.

Da ich mich dazu nie bereit gezeigt hatte, haben sie dann doch eingesehen, dass dieses Treffen eher meinen Zwecken entgegenkommen würde als ihren und es nicht darauf ankommen lassen, sich von mir dann tatsächlich verhöhnen und verspotten, vielleicht sogar beschimpfen zu lassen. Ich hätte mich ja nur damit abzufinden brauchen, dass die beiden nun einmal unabänderlich als Nachfolger der Alten feststanden. Mich mit meiner Rolle als deren ausführendes Organ anfreunden müssen, dachten sie.

Aber ich dachte nicht daran. Das wurde ihnen dann auch klar. Allemal verlor ich lieber meine Wohnung, als mich diesem Gesindel unterzuordnen. Deshalb riefen sich mich dann auch nicht an.

Das Gebot der Stunde war Neubeginn, Rache mein Motor. Jeden Tag in der Abgeschiedenheit des Klosterlebens dachte ich an Rache. Ich würde es ihnen schon heimzahlen. Ich musste sie zerstören, zerschmettern, ihre Stärke brechen und sie das durchleiden lassen, was sie mir angetan hatten. Sie hatten es nötig, ihre Einwände gegen mich zu erfinden. Dabei hatten gerade sie eine Niederträchtigkeit an die nächste gereiht. Sie waren ja in Wirklichkeit die Angreifbaren, die Grenzübertreter, die permanent am Rande der Legalität Agierenden. Nicht ich.

Da die Alte für mich unverwundbar war, musste ich den Krieg in die Schlangengrube tragen, aus der er zu mir gebracht worden war. Dazu war es zuerst nötig, meine ökonomische Basis wiederherzustellen und eine neue Wohnung zu beziehen. Hierbei erwies sich der Fürst als ungemein hilfreich, indem er mir eine

Anstellung in einer anderen Abteilung, ohne all die Diskriminierungen der Alten und ihrer Anhängsel, anbot.

Danach war es nötig, eine Wohnung zu finden. Zum April hatte ich dann diese Wohnung im Studentenheim. Ich war es gewohnt, von wenig zu leben. So würde ich schon wieder Fuß fassen. Der zweite Teil meines Vorhabens enthielt, mich in die Nähe meiner Feinde zu bringen. Da ich diese bisher nicht direkt angegriffen hatte und sie sich weiterhin den Anschein geben mussten, meine Freunde zu sein, gelang es mir, ihren Favoriten regelmäßig zu treffen. Nichts sollte den Eindruck trüben, dass wir uns gut verstünden. Tatsächlich entwickelte sich dann eine Freundschaft, die in seinem Geständnis gipfeln sollte.

Ich ging viel spazieren und füllte mein Herz mit Hass. So kehrte ich zurück und begann, mein Leben wieder gestalterisch zu entwerfen. Aus ihren Plänen, eine Schule zu gründen, war derweil nichts geworden, so dass das Zeitfenster sich wieder öffnete. Zweifelsohne würde die Alte erneut einen solchen Versuch machen.

Bis dahin musste es mir gelingen, die beiden Zecken aus ihrem Pelz zu drehen. Gestärkt und guter Dinge trat ich die Heimreise an. Ich hatte mir einiges vorgenommen.

Wir schicken jedes Jahr – und scheuen dabei weder Leben noch Geld – ein Schiff nach Afrika, um Antwort auf die Fragen zu finden: Wer seid ihr? Wie lauten eure Gesetze? Welche Sprache sprecht ihr? Sie aber schicken nie ein Schiff zu uns.

Herodot

Tag 20

Nachdem die Alte mich am Arm gepackt hatte, waren ein paar Tage vergangen. Nun jedoch ist sie auf eine Weile außer Haus. Also setze ich meinen Plan nun in die Tat um. Seit zwei Wochen bin ich wieder bezahlter Schüler der Schule. Meine Freundin, die ebenfalls Schülerin der Schule ist, hatte erneut einen eigenen Raum bekommen. Diesen durfte sie diesmal nicht verändern. Ich stehe vor ihrer Tür und klopfe an.

Endlich würden sie und ich ein paar Minuten alleine sein. Seit ich sie an der Station abgeholt hatte, hatten wir uns nur noch einmal gesehen. Ich war zur Wohnung ihrer Eltern gefahren, wo mir ihr Bruder schließlich nach einer Weile die Tür öffnete. Sie war dort gewesen. Ich hatte nicht die Fassung verloren, als ich sie sah. Sie schien mich gar nicht wahrzunehmen. Dennoch blieb ich freundlich. Ich fragte sie, was los sei, wie es ihr gut gehe, warum sie mich ignorierte. Eine Reaktion bekam ich nicht. Ich wollte nicht stören, also verließ ich die Wohnung wieder.

Unten angekommen wurde mir bewusst, dass der Mensch, den ich gekannt hatte, sich weniger von mir hatte trennen wollen, sondern vielmehr inzwischen gestorben war. Ich fühlte, wie ich traurig wurde, wie die Welt sich vor meinen Augen auflöste. So stieg ich in die Bahn und fuhr heim.

Unsere Beziehung war nicht unbedingt glücklich gewesen. Darauf kam es mir nicht an. Es gab diese Momente, damals, als wir noch beide Schüler waren, in denen wir uns liebten. Es war eine unschuldige Sache, die wir ohne Weiteres teilten. Bereits damals hatte sie psychotische Schübe, aber ich habe stets eine Person gesehen, zwischen diesen Anfällen, deren Schicksal mir nicht egal sein konnte. Mit der ich befreundet war.

Ich dachte sogar, dass ich, indem ich bei ihr war, für einen guten Freund da war, den ich schon sehr lange kannte. Wäre ich gegangen, hätte ich mich im Stich gelassen. Im Grunde waren wir sehr ähnliche Menschen gewesen. So war ich eigentlich ein Narzisst, dachte ich. Sie wäre wie ich. Lediglich ein Stück näher am Abgrund. Während ich aber überlebte, wurde sie gebrochen.

Während ich die Welt hasste, die Menschen wie uns nicht in Frieden leben lassen konnte, hasste sie sich. Verzweifelte und zerbrach sie am Ende an dem, was ihr angetan worden war. Vermutlich konnte ich mir nicht einmal ausmalen, was ihr zugestoßen war. Woran sie letzten Endes zugrunde ging.

Ich fuhr noch einmal in ihre Stadt. Ich fuhr mit der Straßenbahn im Kreis, stieg aus, ging ein Stück. Ich hatte mir eine Liste mit Adressen zurechtgelegt, die ich aus Neugier aufsuchen wollte. Dabei fuhr ich möglichst oft an der Kreuzung vorbei, an der ihre Wohnung lag. Ich konnte mir das einfach nicht noch einmal antun. Also klingelte ich nie wieder dort. Einmal las ich sogar das Klingelschild. Stundenlang fuhr ich immer wieder an dieser Kreuzung vorbei, ohne jemals auszusteigen und zu klingeln.

Ich hatte den Menschen verloren, der mir am ähnlichsten war, mir wichtig war. Teilweise wurde ich nun dafür verantwortlich gemacht, grausam bestraft ohnehin. Es begann schon bei unseren ersten Treffen, dachte ich. Ich hatte sie an der zentralen Einkaufsgasse abgeholt. Wir hatten uns gut unterhalten. Da ich es unverbindlich halten und auch nicht aufräumen wollte, habe ich zu diesem Anlass ein nettes Cafe ausgesucht. Alles schien in Ordnung. Als ich sie zur Bahn begleitete, hatte sie plötzlich einen Anfall.

Die halbe Einkaufsgasse hinunter habe ich sie verfolgt und schließlich beruhigt. Sie war ganz aufgebracht und sagte mir, dass ich sie vielleicht jetzt liebte, fragte mich, ob ich das auch noch in einem Monat oder Jahr könnte. Sie wirkte dabei sehr verzweifelt. Da ich sie ja bereits kannte, sagte ich ihr, dass es mir nichts ausmachen würde, wenn es ihr ab und zu nicht gut ging und eben, was sie hören wollte. Zu diesem Zeitpunkt war doch einfach nicht zu wissen, ob oder ob nicht eine Beziehung so lange Bestand haben könnte.
Diese Anfälle wurden dann im Laufe der Beziehung sprunghafter und intensiver. Das steigerte sich bis hin zu ihrer Selbstmordankündigung. Manchmal

verbrachten wir das gesamte Wochenende miteinander, ohne dass etwas Besonderes vorgefallen wäre. Anfangs besuchte sie mich noch. Später musste ich immer zu ihr fahren. Einige Male musste ich auch, da sie gerade als sie in den Zug stieg einen solchen Anfall hatte, mit in den Zug steigen. Am Bahnhof ihrer Heimatstadt habe ich dann eine volle Stunde auf den Zug zurück warten müssen.
Es hatte alles unwirkliche Züge. Ich sah nicht, dass das Mädchen, in die ich mich einmal verliebt hatte, bereits zu Beginn der Beziehung nicht mehr wirklich da war. Zu sehr hatte die Krankheit bereits gesiegt. Als ich in ihrer Nähe war, dachte ich, dass sie bereits unaufhaltsam dahingerafft wurde. In diesen ihren Sterbevorgang wurde ich nun mit hineingezogen.
Ich sagte zu ihr, dass sie nicht fahren solle. Doch fuhr sie mehrere hundert Kilometer zu ihrem Exfreund, und das über mehrere Tage. Was auch immer sie dort tun würde, war mir nicht wichtig. Sie war da bereits von weit fortgeschrittenen geistigem Verfall geprägt. Das schließlich veranlasste sie zu dieser Fahrt, von der sie sich ihre Rettung versprach. Während ich bereits

wusste, dass diese Fahrt keineswegs die rettende war, wie sie wohl dachte, sondern die alles vernichtende. Ich machte mir große Sorgen um sie. Ich erwartete sie zurück in der Gewissheit, dass diese Reise ihren Zustand wahrscheinlich drastisch verschlimmern würde, aber unter gar keinen Umständen verbessern. Aus diesem und keinem anderen Grund riet ich ihr freundlich und zurückhaltend, aber doch deutlich, davon ab. Natürlich konnte ich sie nicht davon abbringen, musste es ja wirken, als suchte ich eine Ausrede für meine Eifersucht. So fuhr sie auf ein paar Tage weg, ganz gegen meinen ausdrücklichen Rat. Als sie zurück war, hatte sich alles dann auch nochmals drastisch verschlimmert.
Wir sahen uns von da an nur noch ganz selten. Mit gekränktem Stolz hatte das nichts zu tun. Sie sah sich bereits sehr oft außer Stande, Besuch zu empfangen, während sie zu einer Fahrt zu mir bereits gar nicht mehr in der Lage war.
Bei diesen wenigen Gelegenheiten frage ich sie nie danach, was während ihres Besuches bei ihrem Exfreund geschehen war. Das konnte ich mir selbst

ausmalen. Vielleicht nicht bis ins letzte Detail, aber die Grundzüge konnte ich mir durchaus vorstellen. Wenn wir dann einmal zusammen waren, verdrängte ich diesen Gedanken. Ich gestand ihr zu, dass sie dorthin hatte fahren müssen. Also stelle ich keine dummen Fragen. Nur ganz kurze Zeit später hatte sie dann diese Selbstmordankündigung ausgesprochen, nach der wir uns tatsächlich vorerst aus den Augen verlieren sollten.
Die Alte und ich sitzen wieder in diesem Restaurant. da liegt all das kaum hinter mir. Sie fragte mich, ob ich jemals daran gedacht hätte, dass meine Freundin von mir schwanger sein könnte. War sie es denn?

Bereits ihre Mutter hatte mich darauf auf diese komische indirekte Weise angesprochen. Damals hielt ich das im Grunde für ausgeschlossen. Aber nun war ich ein zweites Mal damit konfrontiert worden. Als ihre Mutter mich darauf ansprach, vermutete ich noch, dass meine Freundin prekäre Details aus unserem Sexualleben weitergegeben hatte oder dass ihre Mutter einfach nur aufgrund ihres sich zusehends verschlechternden Zustandes dahingehende Spekulationen anstellte. Auch als die Alte mich darauf ansprach, vermutete ich dahinter im Grund den Verdacht der Mutter.

Da ich annahm, dass man mir so etwas direkt mitteilen würde, da man wichtige Dinge ja immer direkt auszusprechen hat, weil alles andere geschmacklos ist, habe ich eben geglaubt, die beiden würden lediglich spekulieren. Solche Nachrichten auf diese Weise zu überbringen, ist ja nicht schonend, sondern niederträchtig. Also war ich davon ausgegangen, dass es sich dabei eben um eine Spekulation handelte, nichts weiter. Es war mir gar nicht vorstellbar, dass man eine solche Nachricht auf eine so ekelerregende Weise überbringen könnte. Damit hatte ich nicht gerechnet. Als es mir dann passierte, habe ich es auch gar nicht geglaubt.

Die beiden konnten ja nicht wissen, dass auch ich meine Freundin öfter, wenn etwas anlag, sie mir dies aber nicht mitteilen wollte, sogar direkt gefragt, ob sie schwanger war. Was sie auf für mich überzeugende Weise verneint hatte. Vor diesem Hintergrund dachte ich, dass die beiden eben auch nur einen solchen Verdacht hatten, wie ich ihn gelegentlich auch hatte. So konnte ich bis zuletzt immer nur vermuten, dass sie mich durchaus auf eine sehr rücksichtslose Art darüber informieren wollten, dass meine Freundin schwanger gewesen war. Indem sie mich fragten, ob ich jemals daran gedacht hätte, dass meine Freundin von mir schwanger sein könnte. Natürlich hatte ich daran gedacht. Diese dummen Fragen rührten vermutlich am Ende wirklich daher, dass sie tatsächlich schwanger gewesen war. Dass sie das Kind, unser Kind, rechtzeitig abgetrieben hatte. Dass ihre Mutter der Alten das erzählt hatte. Es ist aber auch durchaus denkbar - das ist ja das Perverse an dieser dummen Frage - dass die beiden Frauen mich einfach darauf hatten aufmerksam machen wollen, dass die Pille in Bulimiefällen nicht wirklich zuverlässig wirkte. Hierfür hätten sie jedoch wissen müssen, dass ich von dieser Bulimie nichts mitbekommen hatte, dachte ich. Vermutlich war sie also schwanger gewesen.

Ich gehe auf die Toilette. Ich muss diesen Satz, ob ich jemals daran gedacht hätte, dass sie von mir schwanger sein könne, verdrängen. Es dauert ein paar Minuten, in denen ich mir einrede, darauf angesprochen worden zu sein, weil sie prekäre Details ausgeplaudert hatte. Wie naiv. Das würde dies die sprunghafte Verschlechterung ihres Zustandes durchaus erklären.

Wenn sie schwanger gewesen war, sie zur Abtreibung des Kindes vermutlich mehr als nur gedrängt worden wäre, hätten sie das vor mir sicherlich geheim gehalten. Es hätte nicht nur die rasante Verschlechterung ihres Zustandes, sondern auch die mir entgegengebrachten Vorwürfe und ihren Selbstmordversuch erklärt, denke ich. Tatsächlich würde es dann auch erklären, wieso wir uns nicht wieder sehen konnten. Alles so abrupt vorbei war, wie es angefangen hatte. Höchstwahrscheinlich war sie tatsächlich schwanger gewesen. Als ich vor ihrem Raum stand, hatte ich davon keine Ahnung.

Ich hatte es vielmehr als eine unangebrachte Spekulation ihrer Mutter und der Alten empfunden, um sich die rasante Verschlechterung ihres Zustandes zu erklären. Dabei war es vermutlich einfach die Wahrheit, getarnt als Frage. Es war also im Grunde doch im Wesentlichen *meine Schuld*.

Nach einer kurzen Denkpause betrete ich den Raum. Sie und ich hatten einen normalen Umgang, jedenfalls seit kurzem und so normal, wie es eben ging. Ich nehme also all meinen Mut zusammen und betrete den Raum. Sie hat keine Einwände, steht auf und kommt mir langsam entgegen.

Seit mehr als knapp einem Jahr hatte ich darauf gewartet, dass wir uns in Ruhe einmal wiedersehen würden. Hatte sich zwischen mir und der Alten vielleicht alles geändert, weil sie mitverantwortlich für die Abtreibung meines Kindes gewesen war? Ich nehme meine Freundin in die Arme und lege meinen Kopf auf ihre Schulter. Dabei berühre ich mit meinen Lippen ihren Schulteransatz. Sie erwidert meine Umarmung nicht. Danach sitzen wir gemeinsam

am Tisch. Ich rede mit ihr, erzähle ihr, dass es mir gut gehe. Dass ich sie vermisse. Sonst nicht viel.
Wir sind nicht lange so dort. Das Gespräch ist unerfreulich und zwanghaft. Wir hatten ja schon lange gar keine natürliche Beziehung mehr und würden auch auf diese Weise keine aufbauen. So war dieses Gespräch auch absolut überflüssig und sinnlos. Das war mir von vornherein klar. Aber bevor ich die Schule wieder verlassen würde, was ja absehbar ist, sollte sie wenigstens wissen, dass ich sie nicht abgehakt hatte. Das Ganze dauert auch glücklicherweise nicht einmal fünf Minuten, da die Feueralarmübung uns zwingt, das Gebäude zu verlassen. Wir stehen draußen gemeinsam herum, bis wir wieder hinein dürfen. Ich begleite sie noch zu ihrem Raum und will nur kurz mit hineingehen, um unser „Gespräch" zu Ende zu bringen.

Mehr als ein Jahr habe ich Dich nicht gesehen. Warum hast Du Dich nie wieder bei mir gemeldet?

Jetzt würde ich sie wider für wahrscheinlich sehr lange

Zeit nicht mehr sehen können. Vielleicht sogar nie mehr.
Ich setze mich kurz, da steht sie ganz unerwartet auf und geht in Richtung Fenster. Unvermittelt sackt sie vor mir in meine Richtung zusammen. Ich fange sie auf. Jetzt sitzt sie auf meinem linken Oberschenkel. Ganz dürr ist sie. Es ist mir einfach nicht möglich gewesen, sie anders aufzufangen.

Also doch. Weißt Du denn nicht, dass wir hier niemals ungestört sein können? Gedulde Dich! Nur ein paar Jahre. Ich warte auf Dich.

Freundlich sage ich zu ihr, dass sowas nicht gehe. Ich lasse mich mich vom Stuhl gleiten, vorsichtig darauf bedacht, sie dabei auf den Stuhl rutschen zu lassen. Gerade will ich den Raum verlassen, da wird sie hysterisch. Noch immer bin ich ihr zugewandt, da tritt sie mit aller Kraft zu und verfehlt meine Nüsse nur um eine Handbreite.
Es muss sein. Es geht nicht anders. Das weißt du doch auch. Ich kann es nicht ändern ...

Sofort gehe ich los und löse ihren Vater aus seiner Klasse ab, der dann zu ihr hingeht, während ich seine Klasse beaufsichtige. Mir ist bewusst, dass dieses Experiment, uns beide als Schüler der Schule zu behalten, von Anfang an zum Scheitern verurteilt gewesen war. Ich erfahre nicht, wie die Situation bei ihr ausgeht. Ich beaufsichtige einfach die Klasse, ohne mich damit zu befassen.

Nach Schulschluss will der Favorit der Alten mit mir sprechen.

Er fragt mich, was da los gewesen ist, aber ich verzichte auf eine Antwort. Es geht ihn auch nicht das Geringste an. Da die Alte abwesend ist, fühlt er sich nun berufen, mich für zwei Wochen zu suspendieren. Dass er dazu keinesfalls befugt ist, wissen wir beide. Aber ich sage es nicht ihm, sondern würde seinen Vorgesetzten von seiner Anmaßung berichten. Dass sein Fehlverhalten keine Auswirkungen haben würde, ist ja völlig klar. Hin oder her. Dort bleiben kann und will ich ohnehin nicht. Das wäre für sie zu gefährlich. Der Favorit der Alten würde sicherlich nicht davor zurückschrecken, sie in seinem Streben nach meiner Beseitigung gegen mich einzusetzen. Insbesondere, wenn wir uns wieder einander nähern würden. Sie würde notwendigerweise in den Kampf verstrickt werden, den die beiden Schmarotzer gegen mich führten, wovon sie aber nichts wissen kann. Außerdem ist es ja darüber hinaus auch wegen der Alten völlig unmöglich, mit ihr ein ungestörtes und normales Verhältnis zu unterhalten. Also ist es nur konsequent von mir, der Schule bis auf Weiteres den Rücken zuzukehren.

Als ich das Gebäude verlasse, sitzt sie auf der Treppe. Sie scheint so schon eine Weile auf mich gewartet zu haben. Ich gehe zu ihr hin und erkläre ihr freundlich, dass ich die Schule nun wieder verlassen werde, da ich eine andere Stelle gefunden hätte, die mir gute Aussichten böte. Ich betone, dass diese Entscheidung nicht von dem Vorfall bestimmt gewesen, sondern bereits davor gefallen sei, was ja auch der Wahrheit entspricht. Ich wünsche ihr alles Gute und gehe.

Tag 21

Monatelang hatte ich keinen Joint angefasst. Jetzt döse ich auf der ausgeklappten Schlafcouch und habe an meinem Kopfende zwei große Kerzen angezündet. Keine zwei Meter von mir liegt der Wahnhafte in seinem Bett. Wir spielten oft Go. Die Wohnung hatte er noch nicht lange, aber immerhin war sie besser als seine alte, die nicht weit von der Schule entfernt lag und ganz miserabel zugeschnitten war.
Durch das kleine Fenster zum Innenhof, das immer offen steht, dringt der Lärm einer nahen Kneipe schon seit einer Weile nicht mehr so laut hinein, da es mittlerweile sehr spät geworden ist. Er schläft bereits, als ich darüber nachdenke, ob sich die Begegnung zwischen ihm und meiner Freundin so abgespielt hatte, wie er es schilderte, oder wie es mich die entsetzten Augen der Alten ahnen ließen.
Konsequenzen hatte das alles im Grunde keine, dachte ich, aber was die Alte gesagt hatte ... Ich konnte ihn gut leiden, wir waren tatsächlich jahrelang Freunde gewesen.

Er hatte sich ihr gegenüber immer fürsorglich gezeigt

Die Alte hat ihn für sie zuständig gemacht. Die beiden waren oft allein in einem Raum.

Er rief sie an und bestellte sie zu sich. Er hatte gekokst oder so

Als ich das erfuhr, hatte ich gleich ein ganz schlechtes Gefühl.

Er nähert sich ihr schon in niedriger Absicht

Ich habe dann aber gar nichts unternommen, da ich ja draußen war.

Schon ist sie hilflos, liegt am Boden

Manchmal hatte er nicht alle beieinander, konnte sehr schnell die Kontrolle verlieren, hatte dann so einen starren Blick.

Er testet sie kurz, dann zieht er sie aus

Außerdem weiß ich, dass Macht und Unterwerfung zwei seiner Leitmotive sind.

Dann penetriert er sie

Natürlich hat er ein „Problem" mit Frauen – Ich kenne ja seine Mutter.

Er steht auf und zieht sie hoch auf die Knie

Ich war ohne meine Mutter bei meinen Großeltern aufgewachsen, seine Schwester und er dagegen nur bei ihrer Mutter.

Er ejakuliert ihr ins Gesicht

Die Alte hielt uns ja immer für ganz ähnlich, aber wir sind ja grundverschieden.

Sie wäscht sich das Gesicht und läuft zur Schule

Jetzt glaubt ihr die Alte nicht und kehrt die Sache unter den Teppich.

Warum schaut sie mich dann so entsetzt an?

Dann schlafe auch ich ein.

Tag 22

Der Favorit der Alten und ich befinden uns auf dem Rückweg von der Taufe. Wir laufen allein am Waldsaum, während er wie üblich wild gestikulierend auf mich einredet. Der Fürst war der Auffassung, dass er von der Alten derartig emporgehoben wurde, weil er im Gegensatz zu mir ein sozusagen bildhübscher Mann gewesen wäre. Darüber hinaus aber auch ein Faulpelz, wie ich dachte.

Daher war ihm dieser Leitungsposten, dachte ich, während ich neben ihm herging, auch so wichtig gewesen. So würde er dann nicht mehr andauernd würde unterrichten müssen. Während mir nichts mehr lag als mit den Schülern inhaltlich zu arbeiten. Dieser Unterschied, wir waren ja, was unsere Arbeitshaltung angeht, die Entgegengesetzten, war ihm auch bewusst. Aber nicht nur darin waren wir die Entgegengesetzten.

So musste ihm völlig klar sein, dass seine Arbeitsintensität gering war. Ganz im Gegensatz zu meiner, der ich immer der pathologisch Eifrige war. Er

empfand seine Arbeit als eine üble Notwendigkeit. Ich dagegen musste mich immerzu krankhaft beschäftigen, tatsächlich auf eine perverse Weise betriebsam sein. Daher waren auch unsere Geisteshaltungen absolut und ganz fundamental entgegengesetzte, dachte ich.
Er hatte es sich angewöhnt, eine ganz primitive Fassade aufzubauen, um die Leute um ihn herum zu beeindrucken. Während ich es gewohnt war, bis tief in die Nacht auf zu bleiben, war er stets pünktlich und zeitig zu Bett gegangen. Während er ganz früh aufstand, um sich herauszuputzen, blieb ich bis kurz vor knapp im Bett und sprang dann nur noch rasch unter die Dusche. Während seine Kleidung teuer war, extravagant, neu, war meine einfach und abgetragen. Er trug italienische Hemden und Hosen in den buntesten Farben. Ich trug immerzu diese ausgeleierten Cordhosen und dunkle Hemden. Er trug sündhaft teure italienische Halbschuhe. Während ich billige ausgelatschte Slipper trug. Sogar im Winter. Um seine Hüfte trug er Schlangenleder. Ich einen sich zusehends auflösenden Ledergürtel.

Er war zu jeder Jahreszeit passend gekleidet. Ich zog mir im Winter einen Übergangsmantel über, den ich auch das restliche Jahr über trug.
Er ging Joggen und war durchschnittlich gebaut. Ich unternahm nichts Dahingehendes und war übergewichtig. Er war immer perfekt rasiert. Während ich mich bestenfalls alle drei Wochen einmal rasierte. Er ging regelmäßig zum Friseur, vielleicht sogar wöchentlich, war also immer perfekt frisiert. Ich manchmal nicht einmal gekämmt und zum Friseur ging ich höchstens dreimal im Jahr. Er war über einen Meter neunzig hoch, geradezu turmhoch. Ich war nur durchschnittlich groß. Er legte tatsächlich in jeder Beziehung mehr Wert auf sein Auftreten als ich. Seine Außenwirkung war ihm sehr wichtig, mir war meine im Grunde gleichgültig.
Ihm kam es auch weniger darauf an, was er sagte, als wie er es sagte. Mir aber kam es immer mehr darauf an, was ich sagte, als wie ich es sagte. Während er also immerfort darum bemüht war, die Leute auf seine Seite zu ziehen, war mir das immer egal gewesen. Wenn er mit jemandem redete, dann starrte er diesem

immerzu in die Augen und bewegte unentwegt seine Hände. Dann kam er auf einen zu, geradezu obszön nah.

Ganz oft hat er die Leute aus kürzester Entfernung in die Augen geschaut und auf sie eingeplappert. Während ich, wenn ich mich mit jemandem unterhielt, diesem gar nicht lange in die Augen schauen konnte, weil mir das beim Denken Schwierigkeiten machte, hielt er immerzu mit ganz weit aufgerissenen Augen Blickkontakt.

Er ist auch nie davor zurückgeschreckt, die Leute anzufassen. Er hatte geradezu einen Anpackfimmel, den er ausgerechnet mir gegenüber immer hemmungslos ausgelebt hat. Er hat mich dauernd am Arm begrapscht und gezogen. Mir mit dem Finger tatsächlich sehr oft in den Oberarm und in die Brust gestochen, wenn er mit mir redete. Damit wusste ich gar nicht richtig umzugehen. Ich habe das immer nur mit Abscheu registriert.

Als es mir dann einmal zu bunt wurde, habe ich ihn dann in einer anderen Situation einfach um die Hüfte gepackt und hochgehoben, was ihm sehr zuwider war.

Daraus gelernt hat er nichts und seinen perversen Fimmel einfach weiter ausgelebt.
Während ich die allergrößten Hemmungen hatte, Leute jemals anzufassen. Das war mir einfach vollkommen zuwider. Ich hielt zu den Leuten immer einen konstanten Abstand und fuchtelte nie manisch in der Gegend herum. Meine Bewegungen waren ruhige. Niemals habe ich mir vor einem anderen über den Kopf gegriffen oder diesen sogar angefasst. Er dagegen war ein richtiger Kasper.
Er stellte andauernd eine geradezu obszöne Gelassenheit zur Schau. Seine gesamte Körperhaltung war eine widerliche. Er benahm sich immer ganz lümmelhaft. So als wäre er im Urlaub und gar nicht auf der Arbeit. Meine Körperhaltung genau wie meine Geisteshaltung war immer die verkrampfte. Ich war immer angespannt, absolut übereifrig. Es war mir ja fast immer absolut unmöglich, einmal entspannt zu sitzen oder einen Film von Anfang bis Ende zu schauen.
Im Ganzen war er der vollendete Schauspieler. Auf eine solche schauspielerische Weise hatte er seinen

Posten bereits nur wegen seiner Attraktivität, sowie der Tatsache, dass er die designierte Schulleiterin geschwängert hatte, zu verdanken. Während seine Rumfickerei ihm einen vergoldeten Schwanz einbrachte, brachte meine Beziehung mir nichts als Ärger ein. So unterschiedlich können sich scheinbar ähnliche Sachverhalte auswirken, dachte ich.

Ich darf dabei aber übersehen, dass diese Verbindung von ihm zu seiner dann Frau darüber hinaus als das glückliche Aufeinandertreffen zweier Aasgeier bezeichnet werden könnte. Dass sie also seiner Attraktivität im Grunde nicht einfach erlegen war, sondern ihn zur Festigung ihrer Ansprüche ebenso gebrauchen konnte wie er sie.

Es glückte ihnen, mehr ist dazu eigentlich nicht zu sagen, jedesmal mit traumwandlerischer Sicherheit, etwaige Hindernisse gegen ihre im Grunde als einzelne, für sich anzusehende Personen nur schwächlich begründeten Ansprüche im Duett zu beseitigen. Wofür sie freilich auch vor niedrigstem Mobbing niemals auch nur im geringsten zurückschreckten.

Er war dann der Schulleiter, ich der Schüler. Obwohl er ja nicht einmal ein abgeschlossenes Lehramtsstudium vorweisen konnte, sondern nur ein ganz gewöhnliches Philosophiestudium. Er unterrichtete dann nicht einmal Philosophie, sondern, weil er im Nebenfach Mathe studiert hatte, Mathe und Deutsch. Da ich ja Physik und Mathematik studierte, konnte ich ohne Weiteres denken, dass mir in meinem ganzen Studium kein untalentierterer Mathematiker untergekommen war. Kein größerer Scharlatan.

Er betrieb ja auch keine Mathematik, sondern gab sich immerzu einer esoterischen Kritik an den Fundamentalbegriffen der Mathematik hin. Zu mehr hat er es ja nie gebracht als zu einer solchen philosophischen Fundamentalkritik. Aber das war ja nicht einmal das Absurdeste. Daneben unterrichtete er dann auch noch Latein.

Es gab für das Lateinische an der ganzen Schule erst nur mich. Ich habe dann mit den Schülern Latein als Hobby betrieben, worin die meisten meiner Schüler ja auch immer aufgrund ihrer Faulheit ganz schlecht waren.

Ich selbst war immer ein ausgezeichneter Lateinschüler gewesen, das Lateinische mir immer eine große Leidenschaft gewesen. Trotzdem hätte ich mich nie dazu angemaßt, ein Lateinlehrer sein zu können. Dazu waren meine Sprachkenntnisse einfach unzureichend. Er aber hatte ja Latein nicht einmal als Schulfach gehabt. Die Sprache war ihm ganz und gar unbekannt. Er musste sogar die einfachste Grammatik erst noch selbst lernen. Wir waren, wie gesagt, dann auch die dann in fast allen Punkten Entgegengesetzten. Er liebte Leibniz, ich Nietzsche. Er studierte eingehend die klassische Logik, während ich der modernen Logik anhing. Er beschäftigte sich leidenschaftlich mit klassischer Geometrie, während ich nur an der fraktalen Geometrie interessiert war und auch das nur geringfügig. Obwohl er ein höchstens durchschnittlicher Mathematiker war, hat er Mathematik unterrichtet. Obwohl ich ein durch und durch mathematischer Kopf war, habe ich tatsächlich niemals Mathematik unterrichtet. Obwohl das Lateinische meine große Leidenschaft war, war er der

Lateinlehrer, der diese Sprache gar nicht beherrschte. Obwohl die Alte ihn erst ganz kurz kannte, mich aber tatsächlich schon sehr lang, zog sie ihn sofort ins Vertrauen, machte ihn für mich zuständig und plante mit ihm ihre gegen mich gerichteten therapeutischen Maßnahmen. Während ich mit der Alten, die ja die Entscheidende war, immerzu im Streit lebte, hatte er sich ihr ganz schnöde angedient.

Dementsprechend waren dann auch unsere Frauengeschichten ebenfalls völlig verschieden, was nicht nur unserem jeweiligen Alter geschuldet war, sondern vor allem eben dieser Tatsache. Er stand immer mittendrin, war der Beliebte, der kommunikativ Begabte, der Gepflegte. Ich stand immer außerhalb, war der Komische, der kommunikative Rüpel, der Ungepflegte. Doch unser Unterschied bestand ja nicht nur darin.

Während ich ein Verhältnis mit einer Schülerin eingegangen war, hatte er ein Verhältnis mit der designierten Schulleiterin. Es war ja auch so, dass diese Verhältnisse die uns gemäßen waren. Während sein Verhältnis seine Position am Rockzipfel der Alten

widerspiegelte, zeigte meines ebenso zuverlässig an, dass ich ganz und gar außerhalb dieses Zentrums stand. So haben wir beide unsere von uns ausgesuchten Positionen gefestigt, dachte ich. Während er der Schulleitung zustrebte, bewegte ich mich nicht nur von dieser weg, sondern ging sogar hinaus auf die Straße. Später dann die Straße hinunter. Am Ende verließ ich die Stadt.
So waren wir auch im gewöhnlichen Arbeitsalltag irgendwann, aber ja nicht von Anfang an, nur noch entgegengesetzt. Während ich beständig darauf hinarbeitete, dass die Dinge gelangen, war es mir meistens gar nicht wichtig, dass man meinen Anteil an dieser oder jener Problemlösung, an diesem oder jenem Erfolg sehen konnte. Im Gegenteil nahm ich an, dass ich idealerweise im Hintergrund bleiben würde, weil das meine Arbeit mit den Schülern erleichtern würde. Diese dann mit mir in einer natürlichen Weise umgehen konnten.
Er dagegen setzte immerzu seinen Willen gegen den der Schüler und setzte sie schamlos unter Druck, erpresste sie hemmungslos. Wenn diese dann

nachgaben, dann lobte und feierte er sich auf den Konferenzen und bei allen Gelegenheiten als derjenige, der etwas unheimlich Großes geleistet, etwas Wesentliches erreicht hätte. Ich nahm an den Konferenzen meistens nur widerwillig teil und sagte meist dann auch schon überhaupt nichts mehr.
So war ich ja mit den Schülern immer sehr gut ausgekommen, während er tatsächlich ständig die größten Probleme in seiner Unterrichtsführung hatte. Was schließlich dazu führte, dass er die Schüler ja in einem fort nur noch anherrschte und anschrie, sowie diese sogar tätlich angriff. Einmal musste er sogar von seiner Frau von einem Schüler gezogen werden, den er augenscheinlich zusammenschlagen wollte.
Natürlich hat die Alte auch diesen Sachverhalt wiederum völlig verkannt, wie sie ja inzwischen alles immer nur noch verkehrt herum sah. So hat sie mich, der ich höchstens einmal schlichtend zwischen zwei Schüler gegangen bin, später sogar darauf angesprochen, dass ich Schüler körperlich attackiert hätte, was ja völlig absurd war. Aber ich dachte mir bereits, woher diese Vorwürfe, die die Alte ja dann

auch wie üblich ganz unhinterfragt einfach übernommen hatte, wahrscheinlich stammten. Obwohl sein Unterricht immerzu misslang, hat er es dann doch immer geschafft, auf den Konferenzen groß aufzutrumpfen, dachte ich. In diesem Selbstdarstellungswahn wurde er auch nie unterbrochen. Ganz im Gegenteil hat die Alte ihm dann auch noch immerzu angehimmelt und mir von ihm andauernd vorgeschwärmt, worin sie ja auch niemand hinderte. Für seine Erfolge bei den Schülern wurde er von der Alten in den höchsten Tönen gelobt. Während sie tatsächlich andauernd mein Talent, mit den Schülern umzugehen, mit dem seinen verglich. Natürlich nur, um sofort im nächsten Satz auf mir herumzuhacken und mir Vorwürfe zu machen, dass ich darüber hinaus in jeder anderen Hinsicht ebenfalls von ihm noch viel lernen könne. Insbesondere natürlich, was meinen Umgang mit den Schülern betraf. Es war grotesk. Ich war vielleicht ein talentierter, aber doch längst kein guter Lehrer. Eigentlich auch gar kein Lehrer. Außerdem für viele Schüler auch gar nicht, nicht einmal als Vertretung, geeignet. Deshalb lehnte ich es von vornherein ab, unterhalb der neunten Jahrgangsstufe Unterricht zu halten, weil ich dazu gar nicht fähig gewesen wäre. Idealerweise wollte ich frühestens ab der zehnten Jahrgangsstufe eingesetzt werden. Höchstens einmal in allergrößter Personalnot habe ich mich auch einmal vertretungsweise mit den unteren Klassen befasst. Unterhalb der neunten Klasse konnte man mich als Lehrer völlig vergessen, während ich mit den höheren Klassen tatsächlich sogar sehr viel Spaß hatte. Gerade an diesen Altersstufen ist er ja völlig verzweifelt. Diese sind ihm dann über die Tische gegangen. Während ich mich gegen die unteren Klassen nicht konsequent zur Wehr setzte und scheiterte, so versagte er in den höheren Klassen, die man durch Rumschreierei und Suspendierungsdrohungen schon noch dazu bringen konnte, das Maul zu halten. Aber eben nicht mehr als das.

Am Ende waren es aber tatsächlich sndere Punkte, die zu unseren ganz unterschiedlichen Entwicklungen in der Schule geführt haben. Die uns schließlich sogar an

den Punkt führten, an dem er mich rauswarf, rauswerfen konnte. In denen wir tatsächlich die absolut Entgegengesetzten waren. Während er im Umgang mit unseren Vorgesetzten der kommunikativ Rücksichtsvolle, der Geschickte war, der dadurch auch Beliebte und Gefragte, war ich immer der beinahe Hemmungslose, der diesen Vorgesetzten schonungslos die Wahrheit sagte.
Naturgemäß wurde ich dann irgendwann einfach nicht mehr gefragt, sondern gemieden. Während er alle seine Gesprächspartner immer sehr genau abschätzte und sein Verhalten daran anpasste, verhielt ich mich allen gegenüber immer gleich. So hat er es in der Hierarchie ganz schnell nach oben gebracht, während ich immer der Sonderling blieb. So wurde er oben ganz schnell beliebt, weil er die kommunikativen Bedürfnisse seiner Umwelt stets bediente. Ich ganz schnell in der Führung unbeliebt, weil ich deren kommunikativen Bedürfnisse nie wirklich beachtete. So war ich bei den Schülern immer sehr beliebt und sogar, obwohl ich doch gar kein Lehrer war, sogar zum stellvertretenden Vertrauenslehrer gewählt worden.

Was ich aber ablehnte.

Ihn dagegen mieden die Schüler, hassten ihn teilweise ganz offen. Dafür war ich bei den Lehrern, gerade den der Alten nahestehenden Lehrern, geradezu verhasst und wurde von diesen hemmungslos wie ein Schüler behandelt, der nach dem Abitur einfach vergessen hatte zu gehen. Je ferner ein Lehrer der Alten stand, desto mehr schätzte er mich. Ihn aber mehr, je näher dieser Lehrer der Alten stand. Das waren aber tatsächlich nicht viele, so dass ich im Kollegium durchaus nicht unbeliebt war, während ich in der Führungsetage geradezu dämonisiert wurde.

Das alles entsprach uns voll und ganz, denke ich. Wir waren ja in all diesen Beziehungen entgegengesetzte Menschen. Er der Taktische, der es sich im Schoß der Alten bequem machte. Ich der Natürliche, der dann auch am liebsten mit den Schülern sprach. Er war der gesellige Typ, der den Kumpelhaften schauspielerte, der abends gerne ein Bier trank und vor dem Fernseher saß.

Ich dagegen war der ungesellige Mensch, der Abweisende, der immer Distanzierte, der in seiner

Freizeit abends mit Freunden Gras rauchte und mitten in der Nacht durch die Grünanlagen lief. Er saß ja auch am liebsten alleine vor dem Fernseher, ging auch gerne raus, fuhr Rad und ging Joggen. Gerade unser Verhältnis zu den Kollegen war immer ein paradoxes, dachte ich. So hatte ich ja nur nie viel mit meinen Kollegen zu schaffen, aber schätzte sie. Er dagegen hatte, da er ja nun kometenhaft in die Schulleitung aufgestiegen war, allezeit mit unseren Kollegen zu schaffen und verachtete sie richtiggehend. Ich habe oft mit ihm gesprochen. Ich war ja oft dabei, wenn er mit Leuten sprach. Dabei beobachtet, wie abfällig er auf die Leute herabblickte. Auf diese abfällige Weise hatte er ja auch jederzeit nicht nur auf die Schüler geschaut, sondern sie dann auch so behandelt.
In Wirklichkeit beklagte er sich dabei nur darüber, dass diese Leute für ihn so anstrengend waren. Dass sie ihm so viel zumuteten mit ihrer ihn immerzu belastenden Dummheit, wie er sagte. Mit ihrem völligen Mangel an Vernunft, wie er sich äußerte. Tatsächlich klang er dabei, als wäre er der einzig

Vernünftige. Als müsste er alles in die Hand nehmen und als würde es am Ende allein auf ihn ankommen.

Im Grunde war er darin genau wie die Alte, übernahm dann in solchen Dingen auch ihre Grundstrategie. Wenn irgendetwas anfiel, entwarf er einen großen Plan. Ein enormes Projekt, an dessen Ende ein gewaltiger Erfolg stünde. Dabei blieb es meistens auch. Unternommen hat er in den seltensten Fällen dann etwas. Aber wegen dieser Luftmalerei hat die Alte ihn für sein enormes Organisationstalent dann auch andauernd gelobt und emporgehoben.

Seine Belastung, ständig in diese Gespräche verwickelt zu werden, und also seine schauspielerische Leistung andauernd abrufen zu müssen, war natürlich eine enorme. So war es für mich gut nachvollziehbar, dass er sich über diese Anstrengung ständig beklagte, indem er diejenigen beschimpfte, denen er dieses Schulleitertheater vorspielen musste. Er hatte wohl auch schlicht und ergreifend wirklich Angst davor, einmal wirklich damit konfrontiert zu werden, dass kein einziges der von ihm angekündigten und groß aus dem Stegreif allen Beteiligten hinimprovisierten Projekte jemals umgesetzt wurde. Diese Angst war aber völlig unberechtigt, da die Alte ja genauso vorging und tatsächlich auch niemals ein so von ihr entworfenes Konzept über dieses Entwurfsstadium hinaus brachte. Ersatzweise brannten beide dann in einer langen Rede ein farbenfrohes Entwurfsfeuerwerk ab. Für das Scheitern ihrer Großprojekte machten sie dann jedes Mal irgendwelche Kollegen verantwortlich, gingen diese in ihren Augen Schuldigen dann auch ohne Weiteres offen und brutal an. Allein während meiner kurzen Anwesenheit haben wir auf diese Weise ein gutes halbes Dutzend Lehrer verloren, mich nicht mitgerechnet.

Daneben aber musste er sich vor der Alten immer einen besonderen Anstrich verleihen, so dass er dabei nicht ganz so schamlos agieren konnte wie sie. So musste er den Kollegen immer wieder vorgaukeln, wie betriebsam er war. Gleichzeitig musste er aber der Alten gefällig bleiben und so las er ihr wahrscheinlich dann auch wirklich jeden Wunsch von den Lippen ab und redete sich dabei ein, dass er diese schamlose Einschmeichelei nur noch ein paar Jahre betreiben müsste. Dabei stellte ich mir damals schon oft vor, wie er abends auf der Couch saß, ein Bier öffnete und hoffte, dass diese Jahre schnell vorübergehen würden. Bereits wie er damals Schulleiter geworden war, war ja ein einziger Skandal gewesen. Seine Frau war ganz frisch an der Schule, aber die Alte hatte ihn bereits völlig in ihr Herz geschlossen. So haben sich die drei abends getroffen. Auch ich war mit dabei. Sie sollte Schulleiterin werden. Er war der Liebling der Alten. So haben sich die beiden ganz schnell gefunden. Das war bereits an dem Abend deutlich zu sehen, so dass ich ich das Treffen bereits mit ganz düsteren Vorahnungen verließ. Aber er ist ja dann ganz plötzlich, als sie bereits ein Paar waren, auf ein Jahr ins Ausland gegangen, um dort seine Promotion abzuschließen. Ich fragte mich tatsächlich bereits damals, ob er überhaupt jemals im Ausland gewesen war. Oder ob er sich nicht einfach irgendwo ein Zimmer gemietet und eine telefonische Weiterleitung eingerichtet hatte. Das wäre ihm durchaus zuzutrauen gewesen. Falls er nur zurückkehren würde, so würde er Schulleiter werden. So einfach kann das sein.

Die Alte hat sich dann auch schamlos an ihn rangeworfen, ihn geradezu angefleht, von dort zurückzukommen. Dasselbe hatte ich von seiner Freundin nicht angenommen. Vielmehr dachte ich, dass sie die ganze Idee zu dieser Fahrt erst gehabt hatte. So wie ich in ihr auch ganz grundsätzlich seine Anstifterin vermutet habe. Sogar eine entsprechende Anfrage habe ich dann später bei seinem Doktorvater gestellt, ob dieser Mann wirklich jemals in dem fraglichen Land gewesen war. Ich bekam dann leider keine Antwort.

Seine Frau war ja eine durch und durch intrigante Person. Geradezu besessen war sie von dem Gedanken, alles an sich zu reißen, alles für sich zu ergattern. So hat sie ihn immerzu für sich benutzt und ihm am Ende zwei Kinder geschenkt. Damit er ihr ja nicht wieder davonlaufen würde. Auf diese und auf keine andere Weise und aus keinem anderen Grund ist er dann ganz rasant Schulleiter geworden.

Er hat mir tatsächlich dann oft Leid getan. Am Ende hatte ich nur noch Mitleid mit ihm. Er war ja tatsächlich ehrlich mein Freund gewesen. Dann musste er gegen mich so widerlich sein, weil seine Frau ihn ja dazu gezwungen hat, dachte ich. Da kam er nicht mehr raus. Damit musste er dann leben.
Er war ja der beständig von seiner Frau Angetriebene, Gezwungene. Seine Frau im Grunde seine Zerstörerin. Erst hatte er keine Wahl. Mit seinen Qualifikationen war eine Anstellung an der Schule effektiv seine einzige Chance auf ein ordentliches Einkommen. Also musste er in diese Schule hinein. Dann hat er sich mit der Falschen eingelassen und sich von ihr schamlos zu dieser unappetitlichen Anbiederei bei der Alten, aber darüber hinaus noch zu viel mehr von dieser Person erst motivieren, später wahrscheinlich auch nötigen lassen. Er ist dann sogar auf ihren Befehl hin, wie ich dachte, Schulleiter geworden. Das hat aus ihm diesen hilflosen, schreienden und grotesken Mann gemacht, der er später war. Am Anfang aber überhaupt nicht gewesen ist, denke ich.

Vor seinem steilen Aufstieg waren wir uns noch ganz ähnlich gewesen. Nur dass er immer mehr auf sein Äußeres geachtet hatte als ich. Tatsächlich entstammte er einer WG mit einem schweren Kiffer und war immerzu der Lockerere von uns gewesen, der Gelassene. Bevor seine Frau von ihm dann schwanger ging, hat er noch von einer Weltreise geredet. Als seine Frau dann schwanger war, hat er nie wieder auch nur ein Wort über diese Weltreise verloren.
Er ist ihr ganz billig in die Falle gegangen, dachte ich.
Der Schulleiterposten hat ihm dann den Rest gegeben.
Er war ja an der Universität mein Dozent gewesen. Wir hatten uns in einem seiner Seminare kennengelernt. Wir führten viele sehr angeregte Gespräche, die mir später sogar gefehlt haben.
Aber er ist dann von seiner Frau ganz und gar verändert worden. Hat sich seinem philosophischen Leben gänzlich entfremdet. Bis er schließlich nur noch diese brüllende Schulleiterattrappe war, in die er sich hat einsperren lassen und die er vermutlich heute immer noch ist. Es war einfach lächerlich. Er hätte Lehrer werden und bleiben können und er wäre ein

ganz ausgezeichneter Lehrer gewesen. Aber er ist den beiden dann in ihre Falle gegangen und hat dabei wegen seiner Kinder dann auch seine Freiheit auf Jahrzehnte weggeworfen. Alles wegen ein paar mieser Kröten mehr im Monat.
So redete er immerfort nur noch davon, in was für einem ungehörigen materiellen Wohlstand er jetzt lebte. Was er dafür aus dem Fenster geworfen und ob sich das für ihn gelohnt hatte, davon schwieg er dann aber lieber. Dafür betonte er, dass er jetzt zu den oberen 20 Prozent gehörte. Er trug jetzt auch dauernd knallbunte Schuhe und extravagante Hemden. Aber das konnte wohl auch ihn selbst nicht nachhaltig darüber hinwegtäuschen, dass er nur noch ein durch und durch unglücklicher Mensch war, der sich im Grunde ganz billig verkauft hatte.
Er hätte einfach Lehrer bleiben und sich auf diese Spielchen, zu denen seine Frau ihn angestiftet hatte, gar nicht einlassen dürfen. Er saß dann auch ganz oft, was man ihm anmerkte, bereits jeden Abend angetrunken vor dem Fernseher oder beschäftigte sich ganz zwanghaft mit philosophiehistorischen, also völlig

irrelevanten Themen.

Obwohl ich das natürlich vermutet hatte, hat mich seine Entwicklung dann auch nicht befriedigt, sondern nur noch enttäuscht. So bin ich nach und nach davon abgegangen, diesen grotesken Menschen zu hassen.

Dann auch nach und nach davon abgegangen, diesem gefangenen Menschen Vorwürfe zu machen. Bis ich dann am Ende nur noch Mitleid mit ihm und seinen knallbunten Turnschuhen und seinen teuren italienischen Hemden hatte.

Und ich wähnte, durch die Lüfte wallten süße Weihrauchdüfte,
Ausgestreut durch unsichtbare Seraphshände um mich her.
„Lethe," rief ich, „süße Spende schickt Dir Gott durch Engelshände,
Daß sich von Lenoren wende Deine Trauer tief und schwer!
Nimm, o nimm die süße Spende und vergiß der Trauer schwer!"
Sprach der Rabe: „Nimmermehr!"

Edgar Allan Poe, The Raven

Tag 23

Die Alte und ich sitzen uns in einem Café nahe der Universität gegenüber. In ihrer kalten Weise hält sie mir von ihrem Thron eine Belehrungsrede, in der sie ganz besonders gerne Verrat sagt und von mir wissen will, wen ich noch alles eingeweiht hätte. Es ist mir egal geworden. Ich sage ihr nicht viel, da ich mir auch sicher bin, dass es unsere letzte Begegnung sein wird. Ich lasse das auf mich wirken und bin tatsächlich völlig unbeeindruckt.

Vor ein paar Wochen hatte sie mich eingeladen, mich an einer Vorbereitungsbesprechung für ihre neue Schule zu beteiligen. Über dieses Vorhaben hatte sie mich tatsächlich bereits Monate vorher informiert. Dann irgendwann, dass ihre beiden Nachfolger die Leitung der neuen Schule übernehmen sollten. Es ging mich nichts an. Ich hatte meine eigenen Angelegenheiten zu regeln. Wir waren uns ja in der Zwischenzeit schon ganz fremd geworden. Auf ihre Einladung hin erinnerte ich sie daran, dass es da noch offene Rechnungen gab, indem ich ihr eine Mail schrieb mit dem Hinweis, dass ihr Favorit mit meiner Beteiligung wohl nicht ganz einverstanden sein könne.

Tatsächlich hatte sie immer noch die Kontrolle über mein Stipendium, aber sonst hatten wir gar nichts mehr miteinander zu schaffen. Auch unsere Probleme hatten wir nie ausgeräumt. Da mir dies aber notwendig erschien, bevor ich mich auf ein derartiges Projekt einlassen würde, habe ich sie mit meiner Mail natürlich ohne Weiteres auf diese Hindernisse aufmerksam gemacht. Daraufhin ignorierte sie mich dann wieder wochenlang.

Währenddessen aber lud sie die Mutter meiner Tochter zu sich ein, um diese zu überreden, wiederum mich davon zu überzeugen, mich an dieser Schulgründung zu beteiligen. Damit hat sie die rote Linie endgültig einmal zu viel überschritten.

Ich hatte sie oft genug davor gewarnt. Zuletzt als sie meine Freundin kurz nach dem Vorfall zwischen dem Wahnhaften und meiner Freundin hinter meinem Rücken gebeten hat, diesem bei ihm zu Hause private Nachhilfestunden zu geben. Also schlage ich jetzt ohne

Vorwarnung zurück. Und noch einiges mehr. Zunächst klärte ich den Fürsten über die Absichten seiner Schulleitung auf, mit der Alten eine neue Schule zu gründen, während sie parallel ihren Trauzeugen aus der Schulleitung katapultierten. Daneben setze ich ein paar gemeinsame Freunde über das ein oder andere umfangreich ins Bild und informiere die notwendigen Leute über die Motive der beiden Nachfolger der Alten. Es ist nur der Anfang. Den Rest hebe ich mir für später auf, um meiner Forderung nach einer Klärung mehr Nachdruck geben zu können. Daneben bereitete ich mich darauf vor, mich nun auch in ihre Angelegenheiten eingehender einzumischen.
Wie sie mich nun verzweifelt des Verrats bezichtigt und von mir wissen will, wem alles ich was genau erzählt hatte, ist meine Rache vorläufig vollendet. Damit sie mich mit diesen Fragen in Ruhe lassen würde, gebe ich ihr ehrlich Auskunft. Natürlich plant sie bereits, das Ganze zu korrigieren, aber das wird ihr nicht gelingen. Der Schaden ist ja bereits angerichtet. Tatsächlich genieße ich nur noch, wie sie versucht, mich einzuschüchtern. Ich sage ihr nicht, dass mein

Brief mit der Kündigung meines Stipendiums bereits vorbereitet ist. Verlängern würde ich es ohnehin nicht. Sie kann mir nicht mehr drohen. In ein paar Wochen werde ich sie zu einer umfassenden Aussprache auffordern oder damit anfangen, mich auch in ihrem Umfeld einmal umzutun. Es hängt nun ganz von ihr ab, was als nächstes passieren wird.

Tag 24

Das Essen war gut, denke ich, während ich im Innenhof der Klinik sitze, in welcher meine Freundin inzwischen untergebracht ist. Nach wochenlanger Arbeit habe ich endlich einen Termin beim Leiter, bei ihrem Psychiater, bekommen, der sich endlich bereit zeigte, sich mit mir zu unterhalten. Hierfür musste ich auch in den letzten Wochen einiges riskieren. Jetzt aber sitze ich in diesem Innenhof und bin meinem Ziel ganz nah. Ich denke, dass er mich nur eingeladen hat, weil er mich einschätzen will. Weil er mich belehren will. Ich hatte ihr eine Mail geschrieben, die ihm nicht gefallen konnte. Die ich ihr aber schuldig war. In dieser habe ich ihr mitgeteilt, dass ich sie immer geliebt habe. Dass es endlich soweit ist. Dass ich mich nun wie versprochen zurückmelde.

Wahrscheinlich nur deshalb will er mich sprechen. Vermutlich mir auch wegen meiner Beharrlichkeit den Kopf waschen. Vielleicht würde er auch meiner Anfrage nachgeben und mich sie sehen lassen.

Vielleicht auch das.

Seine Intentionen sind mir nur insofern wichtig, als dass ich sie kennen muss, bevor wir uns endlich zu diesem Gespräch treffen. Fünf Jahre lange habe ich sie nicht gesehen und drei Jahre nichts von ihr gehört. Darüber denke ich nach, während ich draußen herumsitze und eine rauche. Ich kann noch gar nicht richtig begreifen, dass ich mich endlich dieser Ziellinie nähern werde.

Ich habe lange hin und her überlegt, welchem Plan ich in dem Gespräch folgen soll. Am Ende mir das Planen dann untersagt. Die Sache ist einfach zu wichtig, um nicht als der natürliche Mensch in dieses Gespräch zu gehen.

Meine Zigarette ist beinahe aus. Sie weiß bereits, dass ich noch irgendwo da draußen bin, egal wie dieses Gespräch verlaufen oder ausgehen wird. Sie weiß nun, dass ich sie nicht im Stich gelassen habe. Wenigstens das habe ich erreicht. Ich drücke meine Kippe aus und gehe hinein.